Zum BUCH

Bei der Eröffnungsfeier des *Arizona Splash,* einem riesigen Schwimmbad mit Außenpools, Saunas und Rutschen, werden zwei junge Leute entführt. Ihnen steht eine Nacht des Grauens bevor: im Inneren des Schwimmbades müssen sie sich nicht nur mit ihren sadistischen Peinigern auseinandersetzen, sondern auch mit einer Gefahr, die aus den Tiefen eines geheimen Kellerganges zu kommen scheint.

Je tiefer Officer Charles Reinhart in den Fall vordringt, desto verwobener wird das Spinnennetz des Grauens. Die Killer schrecken offenbar vor nichts zurück – und richten ein Blutbad ungeahnten Ausmaßes an.

Zum AUTOR

Niklas Quast wurde am 7.3.2000 in Hamburg-Harburg geboren und wuchs im dörflichen Umland auf. Nachdem er eine Ausbildung zum Groß- und Außenhandelskaufmann absolvierte, arbeitet er nun in einem Familienbetrieb und widmet sich nebenbei dem Schreiben.

NIKLAS QUAST

ARIZONA SPLASH

ROMAN

2.Auflage 2022

Copyright © 2022 Niklas Quast
niklasquastautor@web.de
www.facebook.com/NiklasQuastAutor

Covergestaltung:
Galax Acheronian
www.acheronian.de

Lektorat:
Astrid Pfister

Alle Rechte vorbehalten

Niklas Quast
Emsener Straße 25
21224 Rosengarten

TWENTYSIX
Eine Marke der Books on Demand GmbH
Herstellung und Verlag:
BoD – Books on Demand, Norderstedt

ISBN: 9783740764296

1

Amy Higgins war heute bloß eine von vielen. Sie hatte sich dazu entschieden, das neu eröffnete *Arizona Splash* zu besuchen und bei der feierlichen Eröffnung mit vor Ort zu sein. Die Sonne strahlte vom Himmel herab und wärmte den umliegenden Asphalt. Sie stieg aus ihrem Toyota Corolla, den sie in einer Seitenstraße geparkt hatte, und überquerte die Straße. Die Schlange vor dem Eingang war bereits jetzt gigantisch. Amy hatte schon aus der Ferne erkannt, dass sich unzählige Menschen jeden Alters dort versammelt hatten. Kinder, mit einem strahlenden Lächeln im Gesicht an der Hand ihrer Eltern wartend, die allerdings nur vereinzelt begeistert wirkten. Amy konnte sie durchaus verstehen, sie war froh, dass sie sich darüber noch keine Gedanken machen musste. Mit ihren dreiundzwanzig Jahren war sie - zugegebenermaßen – aber genau im richtigen Alter dafür, ihr Leben bald in eine andere Richtung zu lenken. Doch ihr Jura Studium nahm sie momentan zeitlich unfassbar in Anspruch, und sie hatte noch nicht mal die Zeit, auch nur an Kinder zu denken. Dazu kam noch, dass sie sich gerade erst von ihrem letzten Freund getrennt hatte. Sie hatten eine lange und intensive Beziehung geführt. *Wenn man zwei Jahre als lang bezeichnen kann.* Ihr war diese Zeit definitiv wie eine Ewigkeit vorgekommen, und sie war immer noch froh, dass sie sich letzten Endes dazu entschlossen hatte, einen Schlussstrich unter die ganze Sache gezogen zu haben. Mittlerweile hatte sie sich auch wieder an das Single-Leben gewöhnt und war mehr als zufrieden damit, weniger Verpflichtungen im Alltag zu haben.

»Entschuldigen Sie bitte.«

Amy war so in ihre Gedanken vertieft gewesen, dass sie gar nicht bemerkt hatte, dass sie das Ende der Schlange erreicht hatte. Eine Frau mittleren Alters, der sie von hinten auf die Füße getreten hatte, drehte sich um und quittierte ihre Entschuldigung mit einem netten Lächeln. *Es gibt also doch noch Menschen, die freundlich und gut gelaunt sind. Faszinierend.* Mit jeder Minute wurde die Schlange vor ihr übersichtlicher. Amy warf einen Blick auf die Uhr; es war jetzt kurz nach zehn. *Also noch knapp zwei Stunden, bis Jessica kommt.* Ihre Freundin hatte am Vormittag noch einen Arzttermin, für die Zeit danach hatte sie allerdings direkt zugesagt. Es war lange her, dass sie sich das letzte Mal gesehen hatten, umso erleichterter war Amy, dass es heute endlich mal wieder mit dem Treffen klappte. Etwa zehn Minuten später hatte sie die Kasse erreicht. Sie kaufte ein Ticket für den gesamten Tag und suchte die Umkleidekabinen auf. Hinter der nächsten Biegung gelangte man rechts in einen großen Bereich. Die Halle wies eine enorme Größe auf, doch das war, wie Amy wusste, erst der Anfang. *Arizona Splash, Spaß für die gesamte Familie, von jung bis alt. Erleben Sie das größte Schwimmbad der gesamten USA, mit Innen- und Außenbereich.* Die Werbung war wirklich verlockend gewesen. Der Text hatte sie schließlich dazu verleitet, das Bad direkt am Tag der Eröffnung zu besuchen – vor allem, da es mit zwei Stunden Entfernung für einen Tagesausflug für sie gut zu erreichen war. Sie legte ihre Tasche ab und zog sich in der Kabine um, dann packte sie ihre Sachen in einen der vielen Spinde, schloss diesen ab und band sich das gelbe Stoffband des Schlüssels um ihr Handgelenk. Sie trug keine Badeschuhe und musste deshalb aufpassen, dass sie auf dem rutschigen Steinboden nicht ausrutschte. Im Innenbereich herrschte ein angenehmes Klima. Das

Schwimmbecken war schon gut gefüllt, die meisten Leute schienen jedoch erst einmal den äußeren Bereich zu erkunden. Amy entschied sich ebenfalls dazu, und ging langsam und vorsichtig an dem riesigen Becken vorbei. Dabei wäre sie beinahe mit einem Kind zusammengestoßen, machte aber in letzter Sekunde einen hastigen Schritt zur Seite. Sie zuckte jedoch nur mit den Schultern, ohne sich darüber zu ärgern. Sie wollte sich den Tag nicht durch Kleinigkeiten verderben lassen, weshalb sie das Ganze einfach weg lächelte. *Ich war ja im Grunde auch nicht anders als Kind.* Sie öffnete jetzt die Tür zum Außenbereich, doch bevor sie diese wieder schloss, entdeckte sie einen farbigen Aufkleber. Er war ziemlich klein und schwer zu sehen, fiel ihr jedoch direkt ins Auge. Sie ging näher heran und versuchte, zu erkennen, was darauf stand. Es war ein rotes A, das auf einem schwarzen Untergrund prangte. Die Treppe, die sie nach draußen führte, war noch ziemlich trocken. Sie stieg die Stufen hinunter und atmete tief durch, als sie direkt unter der Sonne in der frischen Luft stand.

»Hey, Süße.«

Sie drehte sich um und erblickte einen jungen Mann in ihrem Alter.

»Lust auf 'nen Drink?«

Er wies auf eine Bar im Hintergrund. Leise sommerliche Musik war aus dieser Richtung zu hören.

»Ich weiß nicht. Wer bist du denn überhaupt?«

»Nelson. Schön, dich kennenzulernen.«

Er lächelte, und seine weißen Zähne schienen die gesamte Umgebung zu beleuchten. Amy musterte ihn genauer. Er hatte einen dunklen Hautton, schwarze, kurze Locken und ein sympathisches Lächeln. *Was solls?* Sie zuckte mit den Schultern.

»Klar.«
»Super, das freut mich.«
Er führte sie zu zwei weiteren Männern hinüber. Sie schienen alle nicht von hier zu kommen, ihr Aussehen wirkte viel mehr südamerikanisch.
»Wen hast du denn da schon wieder abgeschleppt, Nelson?«
»Sei still, Ricardo.«
Er sah Amy grinsend an.
»Hör bloß nicht auf ihn. Der redet andauernd Schwachsinn.«
»Wer tut das nicht«, murmelte Amy.
»Ich bin Esteban«, stellte sich der dritte Mann vor.
»Klingt mexikanisch.«
»Das stimmt, aber ich lebe schon seit vielen Jahren hier, im Grunde genommen schon seit meiner Kindheit. Genau wie die anderen beiden.«
»Was möchtest du trinken?«
Nelson schien die folgende Stille unangenehm zu sein, weshalb er etwas sagte, um diese zu vertreiben.
»Ein Bier«, antwortete Amy trocken.
»Frauen und Bier?«, fragte Ricardo und lachte.
Er wirkte ihr irgendwie aufdringlich und unsympathisch, doch Amy entschied sich, auch das einfach mit einem Lächeln zu quittieren.
»Ja, es ist nun mal mein Lieblingsgetränk.«
Nelson bestellte ihr daraufhin ein Bier. Der Mann hinter der Theke bediente den Zapfhahn und reichte ihr das gefüllte Glas wenige Augenblicke später.
»Danke.«
Amy nippte an dem Krug und stellte ihn dann auf den Untersetzer. Sie spürte sofort, wie ihr der Alkohol wegen der schwül-

warmen Luft zu Kopf stieg. Sie mochte das leichte Gefühl jedoch und trank deshalb einen zweiten, um einiges größeren Schluck.
»Wer bist du eigentlich?«, fragte Nelson.
»Du hast uns deinen Namen noch gar nicht verraten.«
»Amy.«
»Ein schöner Name. Passt zu dir.«
Ricardo lächelte wieder und offenbarte dabei eine Zahnlücke.
»Wie ist das denn passiert?«
»Was?«
»Dir fehlt oben doch ein Zahn.«
»Ach so, das. Schlägerei mit 'nem Typen im College. Er musste ins Krankenhaus und seine Wunde musste sogar genäht werden. Bei mir ist bloß ein Zahn abhandengekommen.«
Amy orderte ein zweites Bier und trank auch dieses innerhalb kürzester Zeit leer. Ein paar Minuten später, nachdem sie eine Wiele miteinander gesprochen und sich ausgetauscht hatten, schob sie den Barhocker zur Seite.
»Ich muss mal kurz zur Toilette. Ich bin gleich wieder da.«
»Ich komme mit.«
Nelson stand ebenfalls auf.
»Das kriege ich schon alleine hin.«
Amy konnte sich ein Lächeln nicht verkneifen.
»Das glaube ich dir, aber du hast doch bestimmt gehört, was der Grund für die späte Eröffnung war, oder nicht?«
»Eine späte Eröffnung?«
»Der ursprüngliche Termin wäre schon letzten Sommer gewesen. Doch während des Baus der Halle haben sich einige Dinge zugetragen. Man spricht von ungeklärten Mysterien.«
»Von was für Mysterien denn?«

Seine rätselhaften Worte machten Amy nachdenklich.
»Die Toiletten befinden sich im Keller, und alles hat sich angeblich genau dort zugetragen.«
Nelson drehte sich um und nahm noch einen Schluck von dem Cocktail, den er sich zuvor bestellt hatte. Der Kellner hatte das Glas mit einem kleinen Schirmchen geschmückt, außerdem zierte eine Orangenscheibe den Rand.
»Nun rück schon raus mit der Sprache. Was ist dort passiert?«
»So genau weiß das keiner, aber man erzählt sich halt so einige Dinge.«
Er zuckte mit den Schultern.
»Wer weiß, vielleicht steckt da ja auch gar nichts hinter. Doch man sollte immer auf Nummer sichergehen, finde ich. Komm, ich begleite dich.«
»Nein, danke. Ich kriege das wirklich allein hin.«
Amy ließ die drei Männer an der Bar stehen und entfernte sich in Richtung der Halle. Sie war froh, wieder alleine zu sein und überlegte, später gar nicht mehr an die Bar zurückzukehren. Ein Blick auf ihre Uhr verriet ihr, dass bereits eine Dreiviertelstunde vergangen war, seit sie das Schwimmbad betreten hatte. Die Treppenstufen waren mittlerweile bereits rutschiger geworden, und Amy musste aufpassen, dass sie ihr Gleichgewicht nicht verlor. Sie spürte den Alkohol nun deutlich, denn sie hatte lange nichts mehr gegessen, was die Wirkung um einiges verstärkte. Im Inneren der Schwimmhalle war es noch um einiges wärmer als draußen, und zu der aufgeheizten Luft kam noch eine unangenehme Feuchtigkeit. *Ich glaube, ich werde gleich erst mal ein paar Bahnen schwimmen.* Der Gedanke an das kalte Wasser stimmte sie sofort fröhlicher und sie konnte es kaum erwarten. Die Toiletten befanden sich, wie Nelson gesagt hatte, tatsäch-

lich im Keller. Fünfzehn Treppenstufen führten sie eine Etage tiefer. Hier unten war die Luft deutlich kühler. Am Ende eines leeren Ganges führte eine Tür zu den Damentoiletten. *Ein ungelöstes Mysterium*, dachte Amy und grinste. *Was für ein Blödsinn.* Die Fliesen unter ihren Füßen waren extrem kalt. Sie öffnete die erste Tür und erstarrte. *Oh mein Gott!* Der Boden war über und über mit Blut bedeckt. *Scheiße.* Sie taumelte vor Schreck ein paar Schritte zurück, rutschte in einer der Pfützen aus und fiel auf den Rücken. Von außerhalb waren plötzlich Schritte zu hören, die der Tür immer näherkamen.
»Hallo?«
»Amy?«
Das war Nelson.
»Ist dir was passiert?«
»Ja, verdammt. Das musst du dir ansehen.«
Die Tür zur Toilette öffnete sich, doch das war nicht die Einzige. Etwa zeitgleich schlug am anderen Ende des Raumes, neben den Waschbecken, eine weitere Tür in den Rahmen. Amy konnte dahinter jedoch nichts erkennen.
»Nelson?«
»Ja?«
»Was ist das?«
»Was?«
»Das, was gerade aus dieser gottverdammten Tür auf uns zukommt!«
Nelson schrie auf. Aus der Dunkelheit schlug jemand mit einer Eisenstange nach ihm. Sie traf ihn genau am Kopf und streckte ihn nieder. Amy wollte sich aufrappeln und ihm zur Hilfe eilen, doch sie konnte sich nicht bewegen. Sie war vor Schock wie gelähmt. Es gelang ihr lediglich, einen kurzen Blick auf denjeni-

gen zu werfen, der Nelson niedergeschlagen hatte. Das Letzte, was sie sah, bevor sich ein gewaltiger Schmerz in ihrem gesamten Kopf ausbreitete, war eine grauenhafte Maske.

2

Verena Williams war gerade damit beschäftigt, die Tageszeitung zu lesen. Sie nahm einen Schluck aus der dampfenden Kaffeetasse, die vor ihr stand. Sie hatte sich ein aufwendiges Frühstück zubereitet, das aus zwei Eiern und Pancakes bestand. Sie legte noch ein paar gebratene Scheiben Bacon auf die Eier und vollendete die Pancakes mit Ahornsirup, als ihr ein Artikel ins Auge sprang.

Arizona Splash bis auf Weiteres geschlossen.

Gestern sollte ein Tag sein, der für immer in positiver Erinnerung bleiben sollte, doch es geschah etwas, was keiner erwarten konnte. Das Arizona Splash, das größte Schwimmbad der gesamten USA, hat gestern seine furiose Eröffnung gefeiert. Doch bereits zwei Stunden danach kam es zu einem grausamen Verbrechen. Die Polizei gab bekannt, dass zwei Personen als Vermisst gelten. Das Einzige, was von ihnen gefunden wurde, war eine abgetrennte Hand. Amy H. wollte sich dort mit Jessica M. treffen, die jedoch bei ihrer Suche nur auf zwei Freunde von Nelson S. traf, dem zweiten Verschwundenen. Sie meldete den Vorfall direkt danach bei der zuständigen Behörde. Die Ermittlungen laufen in verschiedenste Richtungen auf Hochtouren.

Verena las den Text ein weiteres Mal und dachte über das nach, was dort geschrieben stand. *Ein Schwimmbad... zwei vermisste Personen.* Sie spürte eine in ihr aufkeimende Anspannung, die der glich, die sie empfunden hatte, als sie damals zufällig den

Artikel mit den Dämonenjägern entdeckt hatte. Die Fahrt nach Arizona würde einen halben Tag in Anspruch nehmen. Doch da es erst relativ früh war, entschied sich Verena dazu, etwas später loszufahren. Nachdem sie in der Zeitung die Adresse des *Arizona Splash* gefunden hatte, schlug sie eine Karte auf und machte den Ort schnell ausfindig. Seit dem zweiten Vorfall in der Lagerhalle war nicht mehr viel geschehen, deshalb freute sie sich darauf, endlich wieder etwas Abwechslung zu haben. Der Geruch des dampfenden Kaffees füllte mittlerweile den gesamten Container aus. Draußen schien die Sonne und es herrschten sommerlich warme Temperaturen. Es war nun schon fast ein ganzes Jahr seit ihrem letzten Einsatz vergangen. Sie dachte noch oft darüber nach, was in dieser Nacht geschehen war. *Vielleicht kann ich ja Grace mitnehmen.* Sie erschauderte bei dem Gedanken, doch als sie länger darüber nachdachte, fand sie die Idee gar nicht mehr so abwegig. *Ich muss dazu aber in die Lagerhalle zurück.* Sie war sich nicht sicher, ob sie Grace dort überhaupt antreffen würde, wusste aber, dass sie es wenigstens versuchen musste. *Ich habe sie verdammt lange nicht mehr gesehen und weiß gar nicht, was aus ihr geworden ist.* Bevor sie sich auf den Weg nach Arizona machte, stand also erst einmal ein Abstecher in der Lagerhalle auf dem Programm. Sie spürte vor lauter Anspannung ein Kribbeln, das sich schnell auf ihrem gesamten Körper ausbreitete. *Wie ein loderndes Feuer.* Sie aß hastig die Pancakes, die Eier und den Bacon auf, ließ das Geschirr kurzerhand auf dem Tisch stehen und bereitete sich vor. Das kalte Wasser fühlte sich herrlich an; sie wusch sich damit das Gesicht und trank einen großen Schluck aus ihren Handflächen. Das Einzige, was sie an ihrem kleinen Container störte, war, dass sie hier keine Dusche hatte. *Ich muss vielleicht bald mal darüber nachdenken, mich zur Ruhe zu setzen. Eigentlich wollte ich doch schon längst neu angefangen haben.* Doch es gab nun mal nichts Besseres, als etwas Neues und Aufregendes zu entdecken – und das war nun der Fall.

3

Jessica schaltete den Wecker aus und nahm sofort eine der Kopfschmerztabletten aus der Packung auf ihrem Nachttisch. Das Wasser in dem Glas, welches sie gestern Abend dort hingestellt hatte, war zwar schon abgestanden und enthielt keine Kohlensäure mehr, doch das war ihr in diesem Moment egal. Sie warf einen kurzen Blick auf ihr Handy, in der Hoffnung, eine Nachricht von Amy empfangen zu haben. Als sie sah, dass dies nicht der Fall war, legte sie es enttäuscht zurück. Der gestrige Tag ging ihr einfach nicht mehr aus dem Kopf. Als sie ihren Wagen auf dem Parkplatz des *Arizona Splash* abgestellt hatte, hatte sie direkt gemerkt, dass irgendetwas nicht stimmte, denn ein Riesenpolizeiaufgebot hatte vor der Schwimmhalle gestanden. *Ein Mord oder sogar zwei? Aber ohne Leiche?* Man hatte im Keller, auf der Damentoilette, eine riesige Menge Blut gefunden, und mehrere Personen galten seitdem als vermisst. Als sie bei den Polizisten angekommen war, hatte sie dort zwei junge Männer entdeckt. Diese stellten sich ihr als Esteban und Ricardo vor, und als sie von ihnen erfuhr, dass Amy und ein weiterer Mann, dessen Namen sie bereits wieder vergessen hatte, verschwunden waren, wusste sie auch den Grund für den ganzen Aufruhr. Sie hatte noch an Ort und Stelle mit den anderen beiden Nummern ausgetauscht, doch auch von denen hatte sich niemand bei ihr gemeldet. Sie warf einen Blick auf die digitale Anzeige ihres Radioweckers. Es war jetzt zehn nach sechs. Sie wollte zu dieser frühen Uhrzeit nicht bei einen von den beiden anrufen, nahm sich jedoch fest vor, das im Laufe des Tages zu tun. Sie hatte sich später auch noch mit einem der dort

anwesenden Polizisten ausgetauscht, und er hatte ihr ebenfalls seine Nummer gegeben, falls sie Neuigkeiten von Amy erfahren sollte. Die Visitenkarte lag neben der Tablettenpackung. *Ken West*, stand dort. Darunter hatte er handschriftlich die Nummer seines Diensthandys gekritzelt. Jessica stand nun aus dem Bett auf und zog die Vorhänge zur Seite. Sofort fielen die Sonnenstrahlen in das Schlafzimmer. Der Himmel draußen war schon herrlich blau, und als sie die Balkontür öffnete, bemerkte sie, dass keinerlei Wind herrschte. Sie war froh, dass der heutige Tag ein Sonntag war, und sie deshalb tun und lassen konnte, was sie wollte. Ein blauer Blumentopf mit einer Yucca-Palme zierte ihre Fensterbank, daneben stand ein rotes Windlicht. Sie ließ die Tür offen, um etwas zu lüften, und ging dann in das angrenzende Badezimmer. Sie duschte, zunächst warm, drehte dann jedoch das Wasser auf kalt. Nach einer Viertelstunde trocknete sie sich wieder ab und zog sich frische Klamotten an. Sie hörte aus der Küche ein leises Miauen, und musste bei dem Gedanken an ihren Kater Spookie unwillkürlich lächeln. Er kam ihr bereits über die Fliesen entgegen getrottet und schmiegte sich an ihr Bein.
»Hast du Hunger?«
Sein zweites Miauen klang wie eine Bestätigung, weshalb sie den Schrank neben dem Spülbecken öffnete und eine Dose Katzenfutter herausholte. Spookie stürzte sich gierig auf den vollgefüllten Futternapf, und Jessica schaute ihm abwesend dabei zu. Ein paar Minuten später wurde ihr bewusst, dass sie ebenfalls Hunger hatte, weshalb sie sich eine Schüssel Müsli zubereitete. Es war nicht mehr viel im Kühlschrank, das hieß, dass sie Montag unbedingt wieder einkaufen musste. *Wenn das Geld dazu reicht.* Sie schüttete die restliche Milch in die Schüssel und

entsorgte dann die Pappverpackung. Anschließend schaltete sie das Radio an. Dort liefen gerade die halbstündigen Nachrichten. Zu dem Vorfall im *Arizona Splash* wurde allerdings nichts gesagt. Jessica war sich bewusst, dass die Polizei erst einmal alle Details zurückhalten musste, trotzdem brannte sie darauf, Neuigkeiten von Officer West zu erfahren. Ohne weiter nachzudenken ging sie in ihr Schlafzimmer zurück, wählte seine Nummer und ließ es so lange klingeln, bis am anderen Ende abgenommen wurde.
»West.«
Er klang verschlafen.
»Mr. West? Hier spricht Jessica. Jessica Miller.«
»Ach, Sie sind es, Ms. Miller.«
Sie hörte, wie er gähnte.
»Genau. Haben Sie schon etwas herausgefunden?«
Er zögerte lange, und sie machte sich innerlich auf das Schlimmste gefasst.
»Wir haben eine männliche Leiche gefunden. Allerdings... ich dürfte ihnen das eigentlich gar nicht sagen...«
»Bitte«, meinte sie. »Was noch?«
»Die Leiche befand sich bereits in einem fortgeschrittenen Stadium der Verwesung. Es kann sich dabei also unmöglich um den gestrigen Begleiter von Ms. Higgins handeln.«
Jessica wusste nicht, ob das gute oder schlechte Neuigkeiten waren. Es dauerte etwas, bis sie die Mitteilung verarbeitet hatte.
»Es gab also mindestens einen Mord.«
»Ja, aber ich weiß nicht, ob das Ganze wirklich zusammenhängt.«
»Wie meinen Sie das?«
»Mehr darf ich Ihnen aus ermittlungstechnischen Gründen lei-

der nicht sagen. Sie können sich allerdings darauf verlassen, dass ich und meine Kollegen alles daransetzen werden, Ms. Higgins und Mr. Santos schnellstmöglich zu finden.«

Jessica wollte sich mit der Antwort eigentlich nicht zufriedengeben, wusste aber auch nicht, was sie ihn sonst noch fragen konnte. Es war offensichtlich, dass er schon mehr gesagt hatte, als er durfte, und auch, dass sie nicht mehr aus ihm herausbekommen würde.

»Ich danke Ihnen für das Gespräch.«

»Gerne. Wir melden uns bei ihnen, sobald es Neuigkeiten gibt.«

Am anderen Ende der Leitung war nun ein leises Piepen zu hören; Officer West hatte das Gespräch beendet. Nachdenklich blickte Jessica aus dem Fenster. *Ich muss da hin, heute noch.* Sie wollte jedoch nicht alleine zum Arizona Splash fahren, und entschied sich deshalb dafür, Esteban anzurufen. Er war ihr gestern sofort sympathisch gewesen und sie konnte sich deshalb gut vorstellen, dass er ihr behilflich sein würde. Es klingelte etwa zehn Mal, ehe er das Gespräch annahm.

»Hallo?«

»Hey, Esteban. Hier ist Jessica.«

»Jessica!«

Er klang erfreut.

»Hat sich die Polizei schon bei dir gemeldet? Gibt es Neuigkeiten?«

»Nein, leider nicht. Ich habe dort angerufen, aber sie haben mir keine Informationen gegeben, die mit Amy oder Nelson zusammenhängen.«

Das war schließlich nicht gelogen. Sie wollte die andere männliche Leiche nicht erwähnen, weil ihr Wests Worte wieder in den Sinn kamen. *Ich weiß nicht, ob das Ganze zusammenhängt.*

Es war eine passive Antwort gewesen, doch Jessica wusste dennoch, was es zu bedeuten hatte.
»Okay, und was ist dann der Grund für deinen Anruf?«
»Ich möchte dorthin. Heute.«
»Du willst in das Schwimmbad zurück?«
»Ja. Ich kann nicht einfach untätig hier herumsitzen und abwarten. Ich werde noch verrückt, wenn ich nicht weiß, was mit Amy geschehen ist.«
Es folgte eine kurze Pause.
»Und mit Nelson natürlich«, schob sie hastig hinterher.
»Ja, du hast recht. Allerdings wird dort garantiert eine Menge Polizei vor Ort sein. Sie werden uns bestimmt nicht hereinlassen.«
»Dann warten wir eben bis heute Nacht.«
»Ich weiß nicht, ob das eine gute Idee ist.«
Er klang unsicher.
»Ich werde meinen Plan auf jeden Fall durchziehen«, sagte Jessica entschlossen.
»Ob du dabei bist, oder nicht, spielt für mich keine Rolle. Es geht mir nur darum, Amy zu finden.«
»Okay.«
Esteban seufzte.
»Wo wohnst du denn genau? Wenn du mir deine Adresse gibst, mache ich mich direkt auf den Weg zu dir.«

4

Ken West legte sein Handy zur Seite und überlegte. *Ich sollte mir das Ganze heute noch mal vor Ort ansehen.* Er war dafür eigentlich nicht eingeteilt, da heute sein freier Tag war, doch er war zu neugierig, ob er etwas entdecken würde. Nachdem der Einsatz gestern im Keller des Schwimmbades erfolglos verlaufen war, hatten sie ihre Suche in der Halle fortgesetzt. Dort waren sie schließlich hinter der Tür der größten Rutsche auf eine verweste Leiche gestoßen. Der Körper war direkt in die Rechtsmedizin gegangen, und West wartete immer noch auf deren Anruf. *Der Verwesungszustand war bereits weit fortgeschritten. Die Leiche muss dort bereits seit Wochen gelegen haben.* Doch wie war sie dorthin gekommen? Er konnte sich das Ganze nicht erklären. Da er nicht untätig vor dem Computer sitzen bleiben wollte, entschied er sich dazu, seinen dort stationierten Kollegen einen Besuch abzustatten. Sein Interesse an diesem Fall war extrem groß, er wollte unbedingt wissen, was gestern in diesem Schwimmbad geschehen war. Es dauerte eine halbe Stunde, bis er seinen Dienstwagen auf dem Parkplatz vor dem riesigen Arenal des *Arizona Splash* abstellen konnte. Eine große Menschenmenge hatte sich dort bereits versammelt, sie mussten von den Geschehnissen gehört haben. *Die ganzen Zeitungen sind ja voll davon.* Es war ihnen leider nicht gelungen, die Öffentlichkeit von diesem Fall komplett fernzuhalten - das Medieninteresse ließ sich leider niemals vollständig eindämmen, und dieses Mal war ihnen das ganz und gar nicht gelungen. Vor dem Eingang war ein Gittertor zu sehen, das verschlossen war. West hatte die Autos seiner beiden Kollegen recht schnell ausgemacht, doch

sie waren verlassen und vor dem Schwimmbad war von den beiden nichts zu sehen – was bedeuten musste, dass die beiden sich im Inneren aufhalten mussten. Er kramte deshalb sein Handy hervor, öffnete die Kontaktliste und wählte die Nummer von Charles Reinhart. Doch sowohl er als auch sein Kollege Peter Abraham nahmen nicht ab. Kurz darauf ging West auf die Menschentraube zu. Sofort drehten sich einige der Anwesenden zu ihm um und belagerten ihn mit Fragen.
»Lassen Sie mich durch, ich bin Polizist.«
Er wusste nicht, wie er durch das Tor gelangen konnte, wollte sich aber erst einmal einen Weg bis nach ganz vorne bahnen, um entscheiden zu können, wie er dann weiter verfahren sollte.
»Was ist passiert?«
»Warum ist keiner hier?«
»Was macht ihr Bullen eigentlich überhaupt?«
Die letzte Frage konnte er einfach nicht unkommentiert lassen. Er drehte sich um.
»Wer war das?«
Ein afroamerikanischer Mann trat vor. Er schien etwa Mitte dreißig zu sein und war äußerst muskelbepackt.
»Gibt es ein Problem?«, fragte West grimmig und musterte ihn.
»Nein, alles in Ordnung.«
»Seien Sie froh, dass ich gerade Besseres zu tun habe, als mich mit Ihnen zu befassen.«
Mit diesen Worten wandte er sich wieder ab und blickte auf das Torschloss. *Wie komme ich jetzt hier rein?* Wenig später hörte er Schritte und sah, wie Reinhart ihm entgegenkam.
»Hey, Ken. Was treibt dich denn hierher?«
»Private Neugier, obwohl ich heute gar nicht im Dienst bin. Ich wäre dir jedoch sehr verbunden, wenn du mich trotzdem hinein-

lassen würdest.«
»Natürlich. Moment.«
Er drückte die Klinke herunter und öffnete das Schloss. West merkte, dass sich hinter ihm mehrere Menschen herein drängeln wollten, doch es gelang ihm, sie zurückzuhalten.
»Verschwinden Sie von hier. Sofort!«
Er wandte sich nun an die Menge.
»Es gibt hier nichts zu sehen. Sobald wir etwas gefunden haben, werden Sie garantiert am nächsten Tag in der Zeitung darüber lesen.«
West ging mit Reinhart in Richtung des Einganges und ignorierte die nun folgenden Bemerkungen der Menschenmenge. Charles Reinhart, der damals in die Geschehnisse der Lagerhalle involviert gewesen war, hatte sich kurz danach nach Phoenix versetzen lassen. Er hatte einfach Abstand von der ganzen Sache nehmen und alles vergessen wollen. Er hatte auch keine großen Bemühungen in die Suche nach Verena Williams gesetzt, sondern sich mehr damit beschäftigt, das alles zu verarbeiten. Dem Kollegium war es nicht gelungen, die Frau aufzuspüren – sie hatte sich buchstäblich in Luft aufgelöst und keine Spuren hinterlassen.
»Gibt es schon etwas Neues?«, fragte West.
»Nein. Abraham ist gerade drin und sieht sich etwas um. Er glaubt weiterhin, dass wir im Keller fündig werden.«
»Das Blut muss ja von irgendwo herkommen«, murmelte West.
»Er könnte also recht damit haben. Dann muss es allerdings auch irgendeinen Eingang geben, der uns bislang nicht bekannt ist.«
Sie betraten nun die Halle, und West folgte Reinhart tiefer ins Innere. Sie passierten die Umkleidekabinen und standen bald

vor der Treppe des Kellers. Am unteren Ende wartete bereits Peter Abraham auf sie.
»Ich habe etwas gefunden, was ihr euch ansehen müsst.«
Seinem Blick nach zu urteilen, schien seine Entdeckung etwas wirklich Wichtiges zu sein.
»Was denn?«
»Eine Tür.«
Sie folgten ihm. Er führte sie in der Damentoilette an den Kabinen vorbei und deutete dann auf die Wand dahinter.
»Seht ihr das?«
West kniff die Augen zusammen. Der Türrahmen war nur schwer zu erkennen und war fast unsichtbar auf den weißen Wandfliesen.
»Wahrscheinlich ein Raum, der während des Baus wichtig gewesen ist.«
»Nein. Ich glaube eher, er hängt mit den Geschehnissen zusammen. Die Blutspur endet schließlich genau hier.«
Abraham zeigte auf den Boden. Die Spurensicherung hatte alles so belassen, wie es war. Am gestrigen Tage war es West nicht aufgefallen, und er ärgerte sich darüber, dass stattdessen seinem Kollegen diese Entdeckung gelungen war. *Wenigstens kommen wir so in dem Fall weiter. Die Medaille hat immer zwei Seiten.*
»Wir brauchen Werkzeug, um sie irgendwie zu öffnen. Schaut euch mal beide um, ich versuche es weiter.«
Reinhart ging vor, und West folgte ihm. Sie hatten kurz darauf einen kleinen Geräteraum erreicht. Der Lichtschalter befand sich an der Wand, und als West ihn betätigte, wurde der Raum augenblicklich von mehreren weißen Leuchtstoffröhren erhellt. An der Wand standen einige Regale. Dort waren verschiedene Werkzeuge gelagert, außerdem gab es einen Schlüsselkasten

und einen Notstromschalter. Reinhart durchwühlte eine der Kisten, und fand schließlich einen Meißel und mehrere Hämmer.
»Mehr brauchen wir nicht.«
Sie verließen den Geräteraum wieder und schalteten das Licht hinter sich aus. West zuckte zusammen, als er hörte, wie die Tür hinter ihm ins Schloss fiel. Plötzlich vernahm er Schritte, die aus Richtung der Treppe kamen. Er drehte sich um und entdeckte drei Menschen, die er zuvor schon draußen gesehen hatte.
»Stopp. Sie behindern gerade den polizeilichen Ablauf. Wenn Sie nicht sofort verschwinden, muss ich Sie festnehmen.«
Die drei Männer, allesamt nicht älter als zwanzig Jahre, zuckten erschrocken zusammen.
»Alles cool, Mann. Wir haben nur Interesse an eurem Fall.«
»Ihr habt hier aber nichts zu suchen. Raus, und zwar sofort.«
»Okay, Chef.«
Einer von ihnen, ein Größerer mit schwarzen, kurzen Haaren und einem dunkleren Hautton, hob beschwichtigend die Arme.
»Wir hauen ja schon ab.«
»Moment mal. Wie seid ihr überhaupt hier reingekommen?«
»Wir haben das Schloss geknackt, und wir sind auch nicht die Einzigen, die Interesse an dem Fall haben. Der Rest sieht sich gerade im Inneren um.«
Das kann doch nicht wahr sein. West spürte, wie Wut in ihm aufstieg. *Was denken sich diese Vollidioten bloß dabei?*
»Wir müssen sie vertreiben«, meinte er zu Reinhart.
»Wir gehen sofort zu Peter.«
»Ja.«
Sie gingen die Treppe hinauf und versuchten, nach und nach alle unerwünschten Eindringlinge zu verscheuchen. Im inneren Bereich hielten sich insgesamt zehn Personen auf, West hielt

kurz Rücksprache mit dem Revier und ließ sie allesamt abführen. Es dauerte jedoch seine Zeit, bis alles geregelt war und der Außenbereich strikt bewacht wurde.

»Seltsam, dass Peter uns noch gar nicht gesucht hat. Wir waren ja ewig weg.«

West hatte ihren Kollegen in der Zwischenzeit schon fast vergessen und sah Reinhart verblüfft an.

»Stimmt. Der scheint ja schwer beschäftigt zu sein.«

Sie stiegen jetzt die Treppen in den Keller hinab und fanden sich kurze Zeit später direkt vor der Toilettentür wieder. Sie war geschlossen. *Hm? Eben haben wir sie doch offengelassen.* Langsam wurde West mulmig zumute. Er klopfte an die Tür, und als aus dem Inneren keine Reaktion kam, öffnete er sie kurzerhand. Er folgte der Blutspur auf dem Boden, und hob seinen Kopf erst, als sie vor der Tür angekommen waren, die in den Wandfliesen versteckt war. Diese wiederum war mittlerweile geöffnet und führte sie in einen Schlund aus schwarzer Dunkelheit.

»Peter? Hast du was gefunden?«

Keine Antwort. West lauschte, und versuchte, auch das leiseste Geräusch wahrzunehmen, doch es war komplett still.

»Er ist da drin«, murmelte Reinhart.

Er griff an seinen Gürtel und holte eine Taschenlampe hervor. Die Waffe, die dort steckte, reichte er West.

»Du bist zwar gerade nicht im Dienst, aber über deine Hilfe wäre ich dir jetzt trotzdem sehr dankbar.«

5

Ungefähr zwei Stunden später klingelte es bei Jessica an der Tür. Sie saß am Tisch, hatte sich in der Zwischenzeit einen Pfefferminztee zubereitet und aus dem Fenster gesehen. Nebenbei hatte sie immer wieder einen Blick auf ihr Handy geworfen, in der Hoffnung, dass Amy ein Lebenszeichen von sich gab, doch das war nicht geschehen. Sie schob den Stuhl zurück und öffnete Esteban die Tür. Er war allein, entgegen ihrer Erwartungen hatte er Ricardo nicht mitgebracht.
»Hey.«
Er reichte ihr die Hand, sein Blick blieb jedoch ernst.
»Darf ich reinkommen?«
»Klar.«
Sie ließ ihn eintreten, schloss die Tür, und führte ihn ins Wohnzimmer.
»Möchtest du etwas trinken?«
»Wasser wäre gut.«
Sie ging in die Küche und schenkte ihm ein Glas kühles Mineralwasser ein.
»Danke.«
Esteban nahm direkt einen Schluck und stellte das Glas auf den Holztisch.
»Warum hast du Ricardo nicht mitgebracht?«
»Ich habe ihn nicht erreicht. Soweit ich weiß, war er gestern noch feiern. Ich wäre ja eigentlich auch mitgegangen, aber ich hatte dann doch keine Lust mehr nach den Geschehnissen von gestern.«
»Ich konnte auch nur schlecht schlafen. Das *Arizona Splash* ist

von hier aus etwa zwei Stunden entfernt. Wenn wir heute Abend aufbrechen, können wir uns dort näher umsehen. Ich traue den Polizisten irgendwie nicht.«
»Es war schon sehr merkwürdig, dass sie uns gestern keine Informationen mehr gegeben haben.«
»Wir müssen uns diese Informationen eben selber beschaffen, und da bietet es sich an, einen Plan zu erstellen.«
»Wann willst du denn dorthin und was hast du vor?«
»Heute Abend. Ich will Klarheit haben.«
Esteban überlegte kurz.
»Ich komme mit. Aber nur, weil mit Nelson ein guter Freund verschwunden ist.«
Jessica lächelte ihn an.
»Okay. Lass uns versuchen, Ricardo zu erreichen. Vielleicht ist er ja auch mit dabei.«
»Ja. Ich weiß auch schon in etwa, wo wir ihn finden können.«
Jessica nahm ihre Tasche.
»Dann lass uns aufbrechen.«
»Soll ich fahren?«
Sie nickte.
»Du weißt ja, wo wir ihn finden.«
Als sie in Estebans Ford Fiesta Platz genommen hatten, startete er den Motor und fuhr aus dem kleinen Ort heraus. Etwa eine halbe Stunde später stellte er das Auto auf dem Parkplatz vom *Better Drink* ab. Jessica sah sich genauer um. Sie kannte diesen Teil der Stadt nur flüchtig, und der Pub war ihr zuvor nie wirklich aufgefallen. Es handelte sich dabei um eine eher übersichtliche Räumlichkeit, die allerdings durch ein beleuchtetes Schild Aufmerksamkeit erregte.
»Ricardo und ich, wir kennen den Inhaber des Pubs. Er geht oft

hierher, deshalb vermute ich, dass es ihn auch dieses Mal hierher verschlagen hat.«

»Du meinst also, er hat hier geschlafen?«

»Er hat schon unzählige Nächte auf der Couch von Albert verbracht.«

Jessica wollte nicht weiter nachfragen, sie vermutete, dass es sich bei diesem Albert um den Besitzer des *Better Drink* handelte. Im Inneren des Pubs herrschte stickige Luft, und eine kalte Wolke aus Zigarettenrauch waberte wie dichter Nebel und brachte sie fast dazu, wieder umzukehren. Sie spürte, wie ihre Kopfschmerzen zurückkehrten, und ärgerte sich in diesem Moment darüber, die Tabletten nicht eingepackt zu haben. Sie versuchte, möglichst wenig von der verbrauchten Luft einzuatmen, und setzte sich an die Bar.

»Guten Tag. Was kann ich für Sie tun? Oh, Esteban!«

Albert schien überrascht zu sein. Er reichte Esteban die Hand und musterte ihn.

»Wir haben uns ja schon lange nicht mehr gesehen. Wen hast du denn da mitgebracht? Ist das etwa deine Neue?«

Esteban grinste, doch es sah so aus, als wolle er damit nur seine Unsicherheit überspielen. Er erzählte Albert kurz von den Geschehnissen des gestrigen Tages und von ihrer Mission.

»Das klingt aber wirklich heftig.«

Er wandte sich kurz um, holte zwei Gläser und stellte sie auf den Tisch vor ihnen.

»Was möchtet ihr trinken? Geht natürlich aufs Haus. Ich schätze, du bist wegen Ricardo hier, oder? Ich werde ihn eben holen.«

Albert verschwand im hinteren Teil des Pubs. Kurze Zeit später kam er wieder zurück und stellte sich erneut hinter den Tresen.

»Ich habe ihn aufgeweckt, aber er ist noch ziemlich verkatert, es kann also noch etwas dauern, bis er zu euch kommt. Er weiß aber von eurer Anwesenheit. Nun, was mögt ihr trinken?«
»Ich nehme einen Cappuccino«, meinte Jessica.
»Für mich bitte eine Cola.«
Albert bereitete die Getränke zu und setzte sich dann selbst auf einen der Barhocker.
»Erzählt mir mal bitte, was ihr genau vorhabt.«
»Wir wollen heute Abend in dieses verdammte Schwimmbad rein. Es ist zwar groß, aber es kann doch nicht sein, dass einfach so zwei Menschen darin verschwinden.«
»Ich habe in der Zeitung darüber gelesen.«
»Was steht da drin?«
Albert reichte ihr eine Ausgabe der Tageszeitung und deutete auf den Artikel. Er war direkt auf die Titelseite gedruckt worden. Sie überflog die Zeilen, da sie das meiste bereits wusste.
»Eine abgetrennte Hand?«
Sie sah Esteban erstaunt an.
»Das kann doch nicht deren Ernst sein.«
»Was meinst du damit?«
»Officer West. Er hat nichts davon am Telefon zu mir gesagt.«
»Wahrscheinlich, weil er davon ausging, dass du die Zeitung bereits gelesen hast.«
»Trotzdem muss er so etwas doch erwähnen.«
»Die haben halt ihre Vorgaben, die keiner versteht. Kein Wort zu viel zu den Medien und der Öffentlichkeit«, murmelte Albert.
»Damit schießen die sich aber meistens selbst ins Knie.«
Jessica wollte ihn gerade fragen, was er damit meinte, als sie sah, wie Ricardo auf den Tresen zugeschritten kam. Er sah

schlecht aus. Seine Haare klebten ihm verschwitzt und fettig am Kopf, und unter seinem T-Shirt zeichneten sich Schweißflecken ab. Jessica verabscheute seine gesamte Erscheinung und auch den Geruch nach Alkohol, den er immer noch ausströmte. *Wie kann er sich nur so die Kante geben, nach dem, was gestern passiert ist?*
»Ricardo... Was machst du nur aus deinem Leben?«
Esteban schüttelte den Kopf, als er seinen Freund ansah.
»Sei still.«
Er verzog das Gesicht.
»Hat jemand vielleicht mal eine Kopfschmerztablette? Außerdem wäre ein Glas Wasser super.«
Albert reichte ihm die gewünschten Dinge.
»Ich bringe dich jetzt nach Hause«, sagte Esteban.
»Eigentlich wollte ich dir von unserem Plan erzählen, doch das kann ich in deinem jetzigen Zustand auch genauso gut sein lassen.«
»Von eurem Plan? Wer... oh, Jessica.«
Er grinste.
»Was machst du denn hier?«
»Das erzählen wir dir später.«
Esteban trank nun den Rest seiner Cola aus. Jessica hatte von ihrem Cappuccino nur wenig getrunken und ließ ihn sich deshalb in einen Pappbecher umfüllen.
»Vielen Dank für die Gastfreundlichkeit«, sagte sie an Albert gewandt.
»Immer wieder gerne. Ich wünsche euch viel Erfolg bei eurem Vorhaben. Ich kenne Nelson zwar nur flüchtig, doch er scheint ein guter Mensch zu sein. Genau wie deine Freundin bestimmt auch.«

Jessica nickte.

»Wir werden heute Abend unsere Suche nach den beiden starten. Doch zuerst bringen wir Ricardo nach Hause.«

»Bevor ihr das tut, wäre ich euch sehr dankbar, wenn wir einen kurzen Abstecher zu *Taco Bell* einrichten könnten. Ich habe das Gefühl, ich könnte zehn Burritos verdrücken.«, mischte sich Ricardo ins Gespräch ein.

6

Der warme Wind wehte sanft durch das geöffnete Fenster ins Innere des Wagens hinein. Verena genoss das Gefühl für einen kurzen Moment, richtete ihre Aufmerksamkeit dann aber wieder auf die Straße. Ein paar Minuten später hatte sie den Kiesplatz vor der Lagerhalle erreicht. Selbige war jedoch heute nicht ihr Ziel - stattdessen suchte sie den Gullydeckel, der den Eingang zu ihrem Geheimzimmer darstellte, auf. Dorthin hatte sie Marcus und William gebracht, und das war jetzt ungefähr ein Jahr her. Sie hatte deren Schicksal komplett Grace überlassen, da sie sich nicht um solche kleinen Lappalien hatte kümmern wollen. *Ich habe schließlich Wichtigeres zu tun.* Als sie den Deckel öffnete und langsam die Leitersprossen hinabstieg, nahm sie sofort einen penetranten Geruch wahr. Sie rümpfte die Nase. Es roch nach Verwesung. Fünf Stufen fehlten noch, bis sie ihren Fuß auf den Boden der Kanalisation setzte, dann sah sie sich um. Es war hier unten stockdunkel. Nicht, dass das ungewöhnlich war, doch Verena hatte eigentlich etwas anderes erwartet. *Es muss doch zumindest von irgendwo Licht herkommen.*
»Grace?«
Keine Antwort. Sie wusste, dass sie auf dem richtigen Weg war, und folgte deshalb einfach ihrem Instinkt. Als sie die Tür erreicht hatte, die sie in ihr Zimmer führte, bemerkte sie plötzlich, dass sie den Schlüssel gar nicht bei sich trug. *Grace ist bestimmt gerade woanders. Nach dem Rechten schauen kann ich auch, wenn das alles vorbei ist.* Mit jedem Meter, den sie sich weiter nach vorne wagte, wurde ihr unbehaglicher zumute. Es gab hier nichts, was sie fürchten musste, außerdem kannte sie sich hier

unten aus und würde den Weg zurück notfalls auch blind finden. Was sie jedoch verwirrte, war, dass sie Grace bisher noch nicht gesehen hatte. Ein paar Schritte weiter machte der Gang eine Biegung. Ganz in der Nähe hatte sie William und Marcus eingesperrt, die Dämonenjäger, die ihren Beruf nur teilweise erfüllt hatten. *Denn die wahre Gefahr ist immer noch da, und sie ist mit euch beiden Schwachköpfen nur noch stärker geworden.* Verena wusste, dass sie sich geradewegs auf die Hölle zubewegte, auf die unterirdische Quelle des Unheils. Zu ihrer Linken nahm sie jetzt die vergitterte Nische in der Wand wahr. Auf den Metallstreben war Blut zu sehen, dahinter lag eine männliche Leiche. Das Gesicht war zerfetzt, doch sie wusste trotzdem, dass dies der leblose Körper von William Collister war, denn Marcus Young war in der unmittelbaren Umgebung nicht zu finden. Hier war niemand außer ihr. Die letzten Male war sie auf dem Weg, den sie gerade gegangen war, vielen verschiedenen Wesen begegnet. Sie kehrte etwas enttäuscht um, ging wieder zurück zum Auto und startete den Motor. Die Straße führte sie durch den schier endlosen Wald. Ein paar Kurven später sah sie aus der Ferne, dass etwas auf der Straße lag. Sie bremste ab, und je näher sie der Stelle kam, desto klarer wurde das Bild. Dort lag doch tatsächlich ein ausgeweidetes Reh auf der Fahrbahn. Sie sah hastig weg, fuhr langsam an dem Kadaver vorbei und stellte dann den Wagen ab. Ein paar Sekunden später vernahm sie einen harten Schlag gegen das Auto.
»HILFE!«
Fäuste, die wild auf ihr Autodach hämmerten. Sie schaltete den Motor aus und stieg aus dem Fahrzeug.
»Danke! Sie sind meine Rettung!«
»Was ist denn passiert?«

Verena versuchte, die Person zu beruhigen.

»Bitte, fahren Sie schnell los!«

Es handelte sich um einen Mann, augenscheinlich um die dreißig Jahre alt. Er hatte kurze, schwarze Haare und Bartstoppeln am Kinn.

»SCHNELL!«

Ehe Verena reagieren konnte, öffnete sich die Beifahrertür. Eine schwarze Hand zog dem Mann aus dem Inneren heraus und ließ seinen Körper auf den Asphalt fallen. Er schrie wie am Spieß. Verena dachte nicht lange nach, sondern zog ihre Waffe, die sie stets bei sich trug, und schoss. Sie hatte nicht großartig zielen müssen, denn sie war im Umgang mit der Sig Sauer mittlerweile äußerst vertraut. Ein ohrenbetäubender Knall war zu hören, und ein Schwall Blut ergoss sich auf die Sitzbezüge ihres Pontiacs. Der Mann hechtete wieder auf den Sitz, und Verena startete den Motor, bevor er die Tür ganz geschlossen hatte. Mit quietschenden Reifen fuhr sie los.

»Sind Sie verletzt?«

»Nein, ich glaube nicht. Vielleicht ein paar Schürfwunden oder so.«

Er wirkte hektisch und konnte kaum zusammenhängende Sätze bilden.

»Was ist denn überhaupt passiert?«, fragte Verena, mittlerweile zum zweiten Mal.

»Ich wurde im Wald von diesen Kreaturen angegriffen«, keuchte er.

»Wie heißen Sie?«

»Mein Name ist Matt.«

»Okay, Matt. Wir suchen jetzt die nächste Parkmöglichkeit und dann erzählen Sie mir erst mal alles, was Ihnen widerfahren

ist.«
Er nickte und zupfte sich nervös am Bart.
»Ich wäre Ihnen sehr dankbar, wenn Sie mich erst einmal nach Hause bringen könnten. Dort erzähle ich Ihnen dann alles.«

7

Ein paar Querstraßen später hatten Jessica, Esteban und Ricardo Taco Bell erreicht. Der Parkplatz vor dem Fast Food Restaurant war leer. Um diese Uhrzeit an einem Sonntagmorgen hatten scheinbar nicht allzu viele Leute in der Umgebung große Lust, den Laden aufzusuchen.
»Ich bleibe im Auto«, meinte Jessica.
Sie verabscheute diese Läden und mochte fettiges Essen überhaupt nicht.
»Du kannst dir ja was zum Mitnehmen holen.«
»Ich hätte auch Hunger«, wandte Esteban daraufhin ein.
»Okay, dann komme ich doch mit rein. Wir haben noch genug Zeit, bis wir unseren Plan in die Tat umsetzen können.«
»Was für einen Plan denn nun?«, fragte Ricardo verwundert.
Während sie über den Parkplatz zur Eingangstür des Taco Bells gingen, weihten Jessica und Esteban Ricardo in ihre geplante Vorgehensweise ein. Sie verharrten kurz vor der Glastür, bis sie fertig erzählt hatten. Währenddessen zündete Ricardo sich eine Zigarette an und bot Jessica und Esteban ebenfalls eine an. Beide verneinten. Jessica musste sich zusammenreißen, damit sie nicht das Gesicht verzog oder sonst irgendetwas tat, das ihre Abneigung gegenüber Ricardo zum Ausdruck brachte. Der Geruch von Alkohol und Zigarettenrauch war eine Mischung, die sie fast zum Kotzen brachte. Esteban schien das bemerkt zu haben und lächelte sie aufmunternd an. Als Ricardo fertig geraucht hatte, betraten sie das Innere. Jessica setzte sich etwas abseits an einen Tisch und wartete, bis die beiden mit ihren bestellten Dingen wiederkamen. Sie hatte Esteban zuvor gesagt,

dass sie eine kleine Cola nehmen würde, und er hatte ihr zugesichert, ihr eine mitzubringen. Fünf Minuten später kamen beide mit einem Tablett in der Hand zum Tisch zurück. Esteban setzte sich neben ihr auf das Polster, Ricardo nahm auf dem Stuhl gegenüber Platz. Sie warf einen Blick auf das, was beide bestellt hatten. Ricardo hatte sich für zwei Burritos und eine große Portion Pommes mit Käsesoße und Peperoni entschieden, während Esteban nur einen Taco mit Hähnchenfleisch und Gemüse genommen hatte. Er stellte das Getränk vor ihr ab, und Jessica nahm direkt einen großen Schluck. Es war zwar eiskalt, doch die Kohlensäure hatte sich bereits verflüchtigt. Trotzdem fühlte es sich gut an, etwas Flüssigkeit in den Körper zu bekommen.
»Danke«, meinte sie.
»Gerne.«
»Wie genau wollt ihr das Ganze denn anstellen?«
Ricardo hatte gerade in einen der Burritos gebissen und sprach daher mit vollem Mund.
»Wir wollen versuchen, nachts durch den Hintereingang einzudringen. Allerdings kann ich mir nicht vorstellen, dass die Polizei dann immer noch darin sucht.«
»Ich glaube auch, dass dann keiner mehr vor Ort sein wird.«
Esteban schien gänzlich von der Sache überzeugt zu sein. Ricardo ließ sich mit seiner Antwort etwas Zeit.
»Das klingt gut. Ich würde euch gerne dabei unterstützen.«
Jessica wollte etwas einwenden, doch Esteban schien das bereits bemerkt zu haben und übernahm deshalb schnell das Wort.
»Meinst du denn nicht, dass du dich erst mal von deinem gestrigen Saufgelage erholen musst? Du wirkst auf mich nicht gerade fit. Wir wissen schließlich nicht, auf was wir uns da drin gefasst machen müssen.«

Ricardo lachte.
»Zweifelst du etwa gerade an meiner körperlichen Fitness? Alles antrainiert.«
Esteban lachte.
»Wir sprechen später noch mal darüber. Wenn wir fertig gegessen haben, bringen wir dich erst einmal nach Hause. Ich rufe dich dann später an.«
»Ist in Ordnung.«
Ricardo nickte.
»Ich habe heute Nacht wahrscheinlich nur zwei oder drei Stunden geschlafen.«
Sie aßen auf und verließen dann den Laden wieder, was Jessica ziemlich erleichterte. Sie ließ den Rest der abgestandenen Cola im Becher und nahm kurze Zeit später auf dem Beifahrersitz Platz. Esteban startete den Motor und fuhr vom Parkplatz auf die Straße. Es dauerte etwa zwanzig Minuten, bis sie Ricardos Wohnung erreicht hatte. Esteban stieg aus und begleitete ihn bis zu seiner Tür. Wenige Augenblicke später saß er bereits wieder auf dem Fahrersitz des Ford Fiesta und hatte den Motor gestartet.
»Was wollen wir jetzt tun? Wir haben noch viel Zeit, bis wir aufbrechen.«
Jessica dachte kurz nach. Sie fühlte sie nicht wirklich gut, außerdem setzte ihr die Hitze extrem zu. Sie wollte dringend nach Hause, hatte aber keine Lust, sich dort alleine mit ihren Gedanken herumzuquälen.
»Lass uns doch zu mir fahren und dort einfach die Sonne genießen. Ich habe einen tollen Garten.«
Esteban betrachtete sie kurz kritisch, bevor er seine Mundwinkel zu einem Lächeln verzog. Jessica konnte dies nicht deuten

und sprach deshalb schnell weiter:
»Wir könnten unseren Plan dann genau durchdenken.«
»Ich bin dabei«, meinte Esteban zustimmend.

Eine Stunde später hatte Jessica zwei Liegen und einen Sonnenschirm aufgestellt. Esteban nahm auf einer davon Platz und atmete tief durch.
»Ein wirklich schöner Garten.«
»Möchtest du etwas trinken?«
»Ein alkoholfreies Bier wäre super.«
»Ich gehe uns eben was holen.«
Esteban nickte, während Jessica den Garten verließ und das Treppenhaus betrat. In ihrer Wohnung angekommen, öffnete sie den Kühlschrank und nahm zwei Dosen alkoholfreies *Fosters* heraus. Sie fühlten sich angenehm kühl an, und bei dem Gedanken an eine Erfrischung fühlte sie sich sofort etwas besser. Gerade, als sie sich entspannte hatte, hörte sie auf einmal ein leises Miauen und sah, dass Spookie in die Küche gekommen war. Er schlich auf seine Futterschüssel zu, bemerkte, dass diese leer war, und warf Jessica einen vorwurfsvollen Blick zu.
»Keine Sorge.«
Sie ging auf die Knie und strich sanft über seinen Kopf.
»Du bekommst dein Essen schon noch. Ich habe dich nicht vergessen.«
Eine Sekunde lang verharrte sie in dieser Position und strich ihre Hand sanft über das weiche Fell des Katers. Dann stellte sie die Bierdosen auf den Küchentisch und öffnete den Schrank unter dem Spülbecken. Sie entdeckte die angebrochene Dose von vorhin, leerte sie in die Schüssel und ließ Spookie alleine. Sie schloss die Tür ab, steckte ihren Schlüssel ein und verließ

das Haus durch das Treppenhaus. Esteban wartete bereits auf sie. Jessica reichte ihm seine Dose und nahm ihrerseits einen tiefen Schluck.

»Ich wusste gar nicht, dass Frauen wie du auf Bier stehen.« Esteban konnte sich ein Grinsen nicht verkneifen.

»Was soll das denn bitte heißen?«

»Ach gar nichts.«

Esteban grinste und Jessica spürte, wie sie von der guten Laune angesteckt wurde. Für einen kurzen Moment rückten die Kopfschmerzen und ihre Sorgen um Amy in den Hintergrund.

»Freut mich zu hören.«

Sie nahm einen weiteren Schluck.

»Also, wann wollen wir heute starten?«, fragte sie, als Esteban nichts mehr sagte.

»Wir brauchen ungefähr zwei Stunden dorthin«, murmelte er. Er blickte auf seine Armbanduhr.

»Es ist jetzt kurz nach dreizehn Uhr. Ich schlage vor, dass wir in ungefähr fünf Stunden losfahren, damit wir spätabends dann dort ankommen.«

»Guter Plan.«

Es war Jessica nur recht, noch etwas zu warten, denn bei dem Gedanken an ihre Mission wurde ihr plötzlich übel. *Wo sind die beiden, verdammt noch mal? Warum hat die Polizei sie noch nicht gefunden?* Sie holte ihr Handy hervor und blickte auf den Bildschirm. Kein verpasster Anruf. *Officer West hat also noch nichts herausgefunden.* Ein paar Sekunden lang starrte sie noch auf das Display, in der Hoffnung, dass das Handy klingeln würde, doch es tat sich nichts, also legte sie es wieder weg. Esteban nahm den letzten Schluck Bier aus der Dose und stellte sie danach auf den Beistelltisch. Kurz darauf vibrierte sein Handy.

»Nummer unterdrückt«, murmelte er. »Da gehe ich nicht ran.«
Er ließ mehrere Sekunden verstreichen, in denen sein Handy leise ein Jessica unbekanntes Lied spielte.
»Vielleicht solltest du den Anruf doch entgegennehmen«, meinte sie plötzlich.
»Derjenige wird nicht umsonst so lange klingeln lassen.«
Esteban runzelte die Stirn und nahm den Anruf schließlich doch an.
»Hallo?«
Er wartete ein paar Sekunden.
»Niemand in der Leitung.«
Er beendete den Anruf wieder.
»Merkwürdig«, murmelte Jessica.
Esteban winkte ab.
»Das ist nichts Außergewöhnliches. Ich kriege öfter solche Anrufe.«
Jessica mochte Estebans lockere Art, konnte sie allerdings nicht wirklich verstehen. Innerlich zuckte sie mit den Schultern. *Was soll's.* Esteban warf ihr daraufhin ein anzügliches Grinsen zu, und Jessica versuchte, zurückzulächeln.
»Du siehst wirklich hübsch aus.«
Jessica wusste nicht, wie sie das Kompliment in dieser Lage verstehen sollte. Sie errötete, sah ihn zunächst nur stumm an und senkte ihren Blick dann zu Boden.
»Danke.«
»Es ist ziemlich warm hier draußen.«
Er wedelte sich mit der Hand Luft zu.
»Wollen wir nicht lieber in die Wohnung gehen? Ich glaube, da ist es etwas angenehmer.«
Jessica war alles recht, solange die Zeit nur so schnell wie mög-

lich verging. In diesem Moment quälte sie wieder die Sorge um Amy, es war die Ungewissheit, die ihr am meisten zu schaffen machte.

»Von mir aus.«

Sie räumten die Liegen weg, bauten den Sonnenschirm ab und begaben sich anschließend ins Innere. Jessica konnte Estebans Blicke in ihrem Rücken förmlich spüren, aber es machte ihr komischerweise nichts aus. Sie mochte ihn und wollte nicht, dass er jetzt schon ging. Er lenkte sie ab und gab ihr ein gutes Gefühl. *Ich bin bei meiner Suche nicht allein. Heute Abend kommt es drauf an.* Sie glaubte fest daran, Amy retten zu können - und dafür würde sie jeden Preis zahlen.

8

»Der Tag hat eigentlich ganz normal begonnen«, fing Matt an zu erzählen.
Sie hatten in seinem Haus an einem großen Eichenholztisch Platz genommen. Er hatte ihnen beiden gerade einen Kaffee zubereitet, und dazu eine Schüssel mit Keksen auf den Tisch gestellt. Er nippte an dem dampfenden Getränk und sah Verena intensiv an, bevor er weitersprach.
»Ich war gerade auf dem Weg zur Arbeit. Jeden verdammten Morgen nehme ich diese Strecke durch den Wald. Ich verdiene mein Geld nämlich im *Road Stop*.«
Verena nickte. Sie kannte die Tankstelle vom Vorbeifahren.
»Heute Morgen habe ich jedoch dieses Reh auf der Fahrbahn entdeckt. Ich habe zuerst gedacht, es handelt sich um einen Menschen. Auf alle Fälle bin ich ausgestiegen, da weit und breit kein anderes Auto zu sehen war. Als ich mich umgedreht habe, habe ich nur noch einen lauten Knall gehört und gesehen, wie mein Wagen demoliert wurde.«
»Von wem?«
»Ich weiß es nicht. Der Gedanke bereitet mir immer noch Kopfzerbrechen.«
Er legte eine kurze Pause ein.
»Sie haben die Kreatur aber auch gesehen, oder?«
»Ja.«
Und das nicht zum ersten Mal, ergänzte Verena in Gedanken.
»Messerscharfe Reißzähne, tödliche Krallen... wenn da nicht dieses Gesicht gewesen wäre, was mich ein klein wenig an Grillkohle erinnert hat, hätte ich fast auf einen Bär getippt.«

»War es nur eine Kreatur?«
»Nein. Ich schätze, es waren vier bis fünf.«
»Warum haben Sie denn die Polizei nicht verständigt? Wo ist Ihr Auto überhaupt abgeblieben? Ich habe es an der Unfallstelle nirgendwo gesehen.«
Verena kam die ganze Situation äußerst merkwürdig vor. Normalerweise hätte man in so einer Situation doch direkt die Polizei gerufen.
»Mein Auto liegt im Graben. Es ist total zerstört, genau wie mein Handy, mit dem ich eigentlich die Polizei rufen wollte.«
Sie nahm sich einen der Kekse aus der Schüssel und tunkte ihn in den Kaffee.
»Was haben Sie denn nun vor?«, fragte sie, während sie einen Bissen von dem durchweichten Gebäck nahm.
»Die Polizei wird mir bestimmt nicht glauben.«
»Das denke ich auch nicht«, stimmte Verena zu.
Einen Moment lang herrschte Stille zwischen den beiden.
»Sind Sie sicher, dass sie nicht verletzt sind?«
Er zuckte mit den Schultern.
»Zumindest spüre ich nichts.«
»Kommen Sie mal mit. Wo ist denn Ihr Badezimmer? Falls Sie irgendwelche Wunden haben, sollte ich diese direkt versorgen.«
Er willigte ein und führte sie in den hinteren Teil des Hauses. Sie durchquerten nun einen großen Wohnbereich, dessen Mitte ein gigantischer Kronleuchter schmückte.
»Sie haben es sich hier aber sehr schön eingerichtet«, meinte Verena.
»Leben Sie alleine?«
»Ja, leider.«
Er stockte kurz.

»Ist eine gewaltige Umstellung für mich.«
»Ist etwas passiert?«
»Meine Frau und meine Tochter kamen bei einem Raubüberfall ums Leben.«
»Oh, das tut mir leid. Sie müssen eine schreckliche Zeit durchgemacht haben.«
Verena kannte diese eintönigen Sprüche in- und auswendig. Eigentlich verabscheute sie diese Phrasen, doch in einigen Situationen kam sie leider nicht drum herum – und jetzt gerade war eine dieser Situationen.
»Es ist jetzt zwei Jahre her. Seitdem ist dieses Haus erfüllt von Einsamkeit.«
Sie hatten mittlerweile das Badezimmer erreicht, und er drückte einen goldenen Griff herunter, um die Tür zu öffnen. Auch dieser Bereich des Hauses wies eine enorme Größe auf. In der Ecke stand ein Whirlpool, der fast ein Viertel des Raumes einnahm. Matt stellte sich vor den Spiegelschrank und zog sein T-Shirt aus. Verena betrachtete aufmerksam seinen Rücken, und entdeckte auf Höhe seiner Schultern einen tiefen Schnitt, aus dem noch immer Blut tropfte.
»Wo haben Sie Ihr Verbandszeug, Matt? Ihren Rücken hat es bei dem Aufprall ordentlich erwischt.«
»In der untersten Schublade.«
Er stöhnte leise und biss sich auf die Zähne.
»Sieht es schlimm aus?«
»Sie werden es überleben.«
Verena rollte ein Stück von dem Verbandsmaterial ab und platzierte es auf der Wunde.
»Vielen Dank«, sagte er, als sie fertig war.
Er drehte sich um und zog sein T-Shirt wieder an.

»Wollen Sie mehr über diese Kreaturen zu erfahren?«
Verena wandte sich fragend an Matt.
»Wissen Sie etwa etwas darüber?«
Er sah sie aus großen Augen an.
»Ja. Wegen dieser Kreaturen bin ich überhaupt nur unterwegs gewesen.«
»Wohin wollten Sie denn fahren?«
»Zum *Arizona Splash*. Ein Schwimmbad, das gestern neu eröffnet worden ist.«
Verena erzählte ihm daraufhin alles, was sie wusste und versuchte, keine Details auszulassen. Matt hörte aufmerksam zu und stellte keine Zwischenfragen. Als Verena fertig war, wartete er noch einen Moment, bis er das Wort an sie richtete.
»Das ist ja Wahnsinn«, murmelte er.
»Und Sie vermuten eine Verbindung zwischen der Lagerhalle und den Geschehnissen im Schwimmbad? Die Entfernung der beiden Orte beträgt immerhin über fünfhundert Meilen.«
»Es gibt ein unterirdisches Tunnelsystem.«
Bevor Verena weitersprach, blickte sie auf die Uhr an der Wand. Es war jetzt kurz nach neun.
»Wir haben noch eine weite Strecke vor uns, aber wenn wir sofort losfahren, sind wir abends da und können uns auf die Suche machen. Begleiten Sie mich?«
Matt schien einen Moment lang zu überlegen.
»Das ist eine sehr waghalsige Aktion. Aber Sie haben mir geholfen, und deshalb würde ich Sie gerne bei ihrem Vorhaben unterstützen.«
»Packen Sie alles ein, was Sie brauchen. Die Fahrt wird lang werden.«

Matt nickte.
»Geben Sie mir eine halbe Stunde, Verena, dann bin ich startbereit.«

9

Die Dunkelheit klaffte wie ein riesiger Schlund auf und schien jedes Licht zu absorbieren. Reinhart spürte, wie sich seine Nackenhaare aufstellten. Er fühlte sich zurückversetzt an den dunklen Gang in den Tiefen der Lagerhalle – eine Sache, die er schon längst hatte vergessen wollen, was ihm jedoch bisher nicht wirklich gelungen war.
»Peter?«
Die Stimme von Officer West hallte durch den Gang, doch es erklang keine Antwort. West ging vor, Reinhart folgte ihm. Es war so still, dass es Reinhart so vorkam, als könne er sein eigenes Herz schlagen hören. Seine Schritte hallten laut von den Wänden des Ganges wider. Er griff an seinen Gürtel, nahm seine Taschenlampe und schaltete sie an. Der helle Lichtkegel wurde sofort von der Dunkelheit verschluckt, reichte jedoch aus, um den Weg zu beleuchten. Es war allerdings keine Spur von Peter Abraham zu sehen. Reinhart sah sich um und beleuchtete auch die Wände. Diese waren an einigen Stellen mit Graffiti beschmiert. Anfangs war nicht viel zu erkennen, außer, dass die Farben rot und blau in dem Geschmiere dominierten. Ein paar Meter später tauchte dann langsam der erste Buchstabe auf. Es handelte sich dabei um ein „A". Reinhart ging einige Meter weiter, und spürte dabei Wests Atem im Nacken. Es folgten weitere Farben auf der steinernen Wand, außerdem tauchten ab und zu einige kryptische Zeichen auf, die er allerdings nicht deuten konnte.
»Weißt du, was das bedeutet?«, wandte er sich fragend an seinen Kollegen.

»Nein. Ich habe etwas Derartiges noch nie zuvor gesehen.«
Reinhart merkte ihm seine Nervosität an und spürte, dass er mit jeder weiteren Sekunde unsicherer wurde. *Was geht hier vor sich? Wo ist Peter?* Das Licht der Taschenlampe reichte zwar zur Orientierung aus, doch zu mehr nicht. Seine Beklemmung und Angst vor dem Ungewissen konnte es nicht lindern.
»Wir sind schon ziemlich tief drin«, meinte West.
»Aber wir haben Peter trotzdem noch nicht gefunden. Das ist jetzt unser nächstes Ziel. Außerdem...«
Reinhart machte eine kurze Pause.
»Von den Vermissten, Nelson und Amy, fehlt auch weiterhin noch jede Spur.«
West nickte.
»Lass uns weitergehen.«
Langsam endeten die Schmierereien an den Steinwänden. Etwa fünf Sekunden später ertönte ohne Vorwarnung ein gedämpfter Schrei aus der Ferne. Reinhart lief, ohne nachzudenken, in die Richtung, aus der er das Geräusch vernommen hatte.
»Warte doch mal!«
West kam kaum hinterher und fing bereits an zu keuchen. Die Tatsache, dass er ziemlich untrainiert war, war ein Problem – Reinhart ignorierte ihn einfach, da er keine Zeit verlieren wollte. Ein weiterer Schrei ertönte, der ganz klar zeigte, dass sie in die richtige Richtung gelaufen waren. *Zum Glück ist mein Orientierungssinn noch intakt.* Kurze Zeit später entdeckte er im Lichtkegel der Taschenlampe die Schemen einer Person.
»Peter?«
»Mhhm.«
Die Worte seines Kollegen drangen nur gedämpft durch den Gang. Reinhart erhöhte sein Tempo und hatte ihn wenig später

schließlich erreicht. Peter Abraham lehnte mit dem Oberkörper an der Wand, seine Hände waren um ein Regenrohr gefesselt. Sein Mund war mit schwarzem Klebeband verschlossen. Reinhart löste den Streifen vorsichtig von dessen Lippen. Abraham hustete und spuckte auf den Boden, als er wieder sprechen konnte.
»Was ist passiert?«
»Sie haben mich hier festgebunden.«
»Wer sind *sie*?«
»Das weiß ich nicht.«
Abraham musste ein weiteres Mal husten.
»Sie hatten Masken auf, deshalb konnte ich sie nicht erkennen. Sie waren zu dritt. Sie haben mich hier festgebunden und sind in der Dunkelheit verschwunden.«
Reinhart ließ den Lichtkegel zunächst durch den Raum gleiten, weg von Abraham. Kurz darauf richtete er die Lampe wieder auf den Gang vor ihnen.
»In welche Richtung?«
»Dort entlang.«
Abraham zeigte in die Richtung, in der das Licht von der Dunkelheit verschluckt wurde.
»In Ordnung. Bist du verletzt worden?«
»Nein. Aber meine Hände sind an dem Rohr hinter meinem Rücken festgebunden.«
Reinhart wurde jetzt erst bewusst, dass er vergessen hatte, die Fesseln zu lösen, und holte dies nun nach. Als Abraham frei war, erhob er sich und lehnte sich erschöpft an die Wand.
»Es tut mir leid. Das hätte mir als erfahrenen Polizisten absolut nicht passieren dürfen.«
Reinhart winkte ab.

»Egal. Wir müssen sie jetzt nur finden.«
West stimmte ihm zu.
»Ich gehe voran.«
Reinhart setzte sich, mit der angeschalteten Taschenlampe in der Hand, an die Spitze und wagte sich immer weiter in die Dunkelheit vor. Sie entfernten sich mit jedem Schritt weiter von dem Badezimmer, durch das sie diesen mysteriösen Tunnel betreten hatten. Darüber dachte Reinhart jetzt jedoch nicht nach, er konzentrierte sich stattdessen darauf, in der nur schwach beleuchteten Dunkelheit mögliche Gefahren frühzeitig zu erkennen. Doch bis auf einige Spuren des Gekritzels und dem immer wieder auftauchenden Buchstaben „A" gab es in den nächsten Minuten nur wenig zu sehen. Reinhart spürte, wie seine Schusswaffe unangenehm gegen seinen Oberschenkel drückte. *Ist das vielleicht ein Zeichen?*, fragte er sich unwillkürlich. Tief in seinem Inneren ahnte er, dass er sie heute noch benutzen würde.
Etwa fünf Minuten später hatten sie eine Abzweigung erreicht. Es gab nun zwei Möglichkeiten, den Weg fortzusetzen: ein Gang führte weiter durch die Steinwände hindurch, der andere wurde von feuchter Erde überzogen und ähnelte fast einer Höhle.
»Was schlagt ihr vor?«, fragte Reinhart, drehte sich um und sah West und Abraham an.
»Wir sollten unseren Weg beibehalten«, meinte Abraham.
Niemand widersprach ihm. Die Luft wurde mit jeder weiteren Sekunde stickiger und Reinhart begann zu schwitzen. *Wahnsinn, das hier befindet sich alles unter dem Schwimmbad. Wobei wir wahrscheinlich schon weit entfernt davon sind.* Je tiefer sie sich voran wagten, desto schwärzer und unbehaglicher wurde die Dunkelheit. Außerdem mischte sich ein merkwürdiger Ge-

ruch in die schlechte Luft hinein: Blut. Es roch in dem Tunnel zunehmend nach Tod. Reinhart musste aufgrund dessen erneut an all die Dinge, die er damals in der Lagerhalle erlebt hatte. Er wusste nicht, warum ihm diese Gedanken gerade jetzt kam, und schüttelte den Kopf. *Wir sind schließlich nicht hier, um vor Dämonen zu fliehen. Heute haben wir es ausnahmsweise mal mit Menschen aus Fleisch und Blut zu tun.* Der Geruch ließ ihn in den nächsten Minuten mehrmals würgen. Im Licht der Taschenlampe sah er nun erneut Schmierereien auf den Wänden. Hier dominierte allerdings nur noch eine Farbe: rot. Außerdem sah das Ganze nicht wirklich wie Farbe aus einer Sprühdose aus, sondern vielmehr wie Blut. Reinhart fühlte sich erneut durch den Geruch gequält und wandte sich angeekelt ab. Plötzlich erklangen Geräusche in der Ferne des dunklen Tunnelganges. Zunächst ein leises Lachen, was sich aber schon ein paar Sekunden später wie ein dämonisches Keuchen anhörte. Reinhart reichte Abraham seine Taschenlampe.
»Halte die mal bitte.«
Er zog seine Waffe aus dem Holster und entsicherte sie.
»Was hast du vor?«
West klang verunsichert.
»Schaut euch doch mal an, wo wir hier sind. Gefangen in einem Tunnel mit offensichtlich Geisteskranken.«
Im Schutz des Lichtkegels wagte sich Reinhart weiter vor. Das unheimliche Geräusch war mittlerweile wieder verschwunden, was aber geblieben war, war die Ungewissheit um dessen Ursprung. Plötzlich trat aus einer Nische direkt vor ihnen ein großer Schatten. Abraham richtete sofort den Lichtkegel darauf. Reinhart zückte seine Waffe und zielte auf die Person, die nun direkt vor ihnen stand.

»Hände hoch oder ich schieße!«
Die Person bewegte sich nicht vom Fleck. Durch die Maske, die das gesamte Gesicht bedeckte, drang ein gedämpftes Lachen.
»Aaron!«
Die Stimme des Mannes klang seltsam verzerrt. Reinhart spürte plötzlich einen kühlen Luftzug in seinem Rücken. Das, was jedoch darauf geschah, passierte einfach zu schnell und zu unerwartet. Reinhart hörte einen Schrei hinter sich. Die Taschenlampe fiel auf den Steinboden und blieb flackernd dort liegen. Im von der Decke reflektierenden Lichtschein sah Reinhart, wie eine zweite Person aus einer Nische hervorgetreten kam. Mit einem Schraubenzieher bewaffnet stürzte sich der maskierte Mann auf Peter Abraham und rammte ihm das Werkzeug genau ins Auge. Inmitten eines erstickten Schreis platzte der Augapfel seines Kollegen, und eine Mischung aus Blut und Gallert verteilte sich auf dem steinernen Boden.

10

Verena startete eine halbe Stunde später den Motor, als Matt auf dem Beifahrersitz Platz genommen hatte. Sie fuhr aus der kleinen Straße heraus und hatte bald die Route erreicht, die zunächst durch den Wald führen würde.
»Ich sollte vorher nochmal tanken«, meinte Verena.
»Das *Road Stop* liegt ganz in der Nähe«, erklärte Matt.
»Meine Kollegin Kate hat dort gerade Dienst.«
»Es ist sicher keine gute Idee, wenn Sie dort auftauchen, nachdem Sie gerade erst einen Autounfall hatten. Sie waren ja eigentlich für den heutigen Dienst eingeteilt.«
»Okay, dann bezahlen Sie einfach drinnen und ich warte solange im Auto.«
Matt klang enttäuscht, wusste aber, dass Verena recht hatte.
»So machen wir es.«

Wenig später steuerte Verena den Pontiac auf den leeren Parkplatz der Tankstelle. Es war bereits nach zehn Uhr, als sie an der ersten Zapfsäule ihren Wagen volltankte. Matt blieb wie besprochen auf dem Beifahrersitz sitzen und sah ihr durchs Fenster dabei zu, wie sie sich entfernte und auf den kleinen Shop der Tankstelle samt Kasse zuging. Im Inneren war es angenehm kühl, ein Ventilator, der auf dem Tresen stand, verbreitete angenehm kühle Luft. Dahinter saß eine Frau mit einer Brille auf dem Kopf und einer Zeitschrift in der Hand. Als sie Verena sah, legte sie das Magazin zur Seite.
»Guten Tag.«
»Hallo. Einmal Zapfsäule eins, bitte.«

»Das macht sechsundfünfzig Dollar.«

Verena kramte aus ihrem Portemonnaie einen Hundert Dollar Schein und reichte ihn der Frau.

»Wenig los hier heute, oder?«

Die Frau musterte sie argwöhnisch.

»Sie sind die erste Kundin heute. Es passiert aber zugegebenermaßen auch sehr selten, dass hier überhaupt mal jemand vorbeifährt.«

Von draußen war plötzlich ein Poltern zu hören. Als Verena sich umdrehte, sah sie, dass ein Benzinkanister umgekippt war. Die dunkle Flüssigkeit breitete sich rasch auf dem Boden aus.

»Verdammt, was war das?«

Die Frau stand auf und kam um den Verkaufstresen herum. Verena folgte ihr bis zu der Glastür und blickte dann in Richtung ihres Autos. Die Beifahrertür war geöffnet, doch Matt saß immer noch drin. Als sie ihren Blick etwas senkte, sah sie allerdings, dass er mit seinem Fuß hektisch versuchte, etwas Schwarzes abzuschütteln. Von Weitem sah es aus wie ein Schatten, doch Verena wusste, um was es sich in Wirklichkeit handelte. Das Wesen, tiefschwarz wie die Nacht und grausam wie der Tod, versuchte gerade, ins Innere des Autos zu gelangen und Matt zu zerfleischen.

»Im Handschuhfach ist eine Waffe!«, schrie sie ihm zu.

Sie spürte beinahe den fragenden und verwirrten Blick von Kate in ihrem Rücken, konnte sich jedoch in der derzeitigen Situation nicht darum kümmern. Es gab im Moment definitiv Wichtigeres zu tun, als irgendwelche Erklärungen abzuliefern – dafür war später noch genug Zeit. Matt schien sie zum Glück gehört zu haben. Er verschaffte sich mit seinem Fuß etwas Platz und versuchte, das Fach zu öffnen, doch das gelang ihm erst beim zwei-

ten Versuch. Die Waffe war noch gesichert, und er fuchtelte hektisch damit herum.
»Wie funktioniert das?«, fragte er und keuchte panisch.
»Ich hatte zuvor noch nie eine Waffe in der Hand!«
»Was geht da vor sich?«, fragte Kate erschrocken.
Doch Verena ignorierte sie weiterhin. Das Wesen hatte im Kampf mit Matt nun die Oberhand gewonnen und ihn schon fast vollständig aus dem Auto gezogen. Verena dachte nicht länger nach und lief auf ihn zu. In ihrem Rücken hörte sie, wie Kate ihr folgte. *Das darf doch nicht wahr sein.* Sie drehte sich zu der Frau um.
»Bleiben Sie im Laden!«
»Aber...«
»Bringen Sie sich selbst nicht in Gefahr, verdammt noch mal.«
»Aber ich muss doch Matt helfen...«
»Das übernehme ich schon.«
Ein paar Schritte bis zum Auto fehlten ihr noch. Als sie es endlich erreicht hatte, riss sie Matt die Waffe aus der Hand, entsicherte sie und schoss auf das am Boden liegende Wesen. Der Kopf platzte auf und verteilte sich ungleichmäßig auf den Pflastersteinen. Die schwarze Hand gab daraufhin nach, und Matt gelang es, sich aus den Fängen der Kreatur zu winden. Er zog sich mühsam auf den Sitz hoch und keuchte.
»Sind Sie verletzt?«
Verena wandte sich nach außen hin voller Sorge an Matt, innerlich dachte sie jedoch etwas vollkommen anderes. *Wenn das so weitergeht, komme ich nie in Arizona an.*
»Meine Wunde.«
Er fasste sich an den Rücken, dort, wo Verena ihm zuvor den Verband angelegt hatte. Sie zog sein T-Shirt hoch und sah, dass

die Stelle blutgetränkt war.
»Wie ist das passiert?«
»Es hat mich zu Boden gerissen.«
»Wo kam das Wesen her?«
Matt zeigte auf den umgefallenen Benzinkanister.
»Das war das Erste, was ich gehört habe.«
Auf dem Boden hatte sich eine große Pfütze verteilt. Verena ließ ihren Blick umherschweifen und versuchte, der Spur zu folgen. Direkt neben der Eingangstür des kleinen Shops sah sie ein paar dunkle Tropfen auf dem Boden. *Ist das Blut?*
»Warten Sie kurz hier. Ich sehe mir das mal genauer an.«
Verena ließ Kate und Matt verdutzt neben der toten Kreatur stehen und ging langsam auf die Stelle zu, die sie bereits von Weitem ausgemacht hatte. Sie blickte um die Ecke des Gebäudes herum und sah dort ein Gitter auf dem Boden, was direkt in die Kanalisation hinabzuführen schien. Überall an den Wänden klebte Blut, außerdem hörte sie Geräusche, die ihr nur allzu vertraut waren. *Verdammt, was machen diese Wesen hier? Wie viele gibt es noch, und wie lang ist dieser Tunnel?* Sie dachte nach. *Kann es sein, dass das Ganze mit den Geschehnissen in Arizona zusammenhängt?* Als sie am Morgen den Zeitungsartikel gelesen hatte, hatte sie das sogar insgeheim gehofft, doch mittlerweile verursachte allein der Gedanke daran bei ihr schon starke Übelkeit. *Feuer kann sie töten. Ich muss versuchen, den Schacht auszubrennen, um die Gefahr zu eliminieren.* Es war ein alarmierendes Zeichen, dass es eins der Wesen geschafft hatte, die Kanalisation zu verlassen. Es hatte Matt angegriffen und hätte ihn garantiert getötet, wenn Verena nicht rechtzeitig zur Stelle gewesen wäre. Auch, wenn ihr absolut nichts an dem Mann lag, war es beunruhigend, zu wissen, dass sich irgendet-

was verändert hatte. Eine solche Verhaltensweise hatte sie bei den Kreaturen bisher nicht erlebt.

»Ist alles in Ordnung?«

Sie hörte Kates Stimme in ihrem Rücken und drehte sich um.

»Kate, ich habe eine Bitte an Sie.«

»Woher wissen Sie...«

»Das tut jetzt nichts zur Sache«, unterbrach Verena sie augenblicklich.

»Bringen Sie mir bitte einen Kanister mit Benzin und Streichhölzer.«

»Wofür brauchen Sie das denn?«

Verena war allmählich genervt von Kates ganzen Fragen. *Kann sie nicht einfach mal den Mund halten?* Sie dachte nach. *Ich werde ihn ihr noch früh genug schließen.* Der Gedanke an diese blutige Aktion lockte ihr unwillkürlich ein Lächeln ins Gesicht und verbesserte ihre Laune schlagartig.

»Fragen Sie nicht so viel.«

»Wissen Sie, was das eben gewesen ist? Dieses Wesen... so tiefschwarz...«

»Sagte ich nicht gerade eben noch, dass Sie nicht so viel fragen sollen?«

Kate sagte daraufhin nichts mehr, und Verena war ihr überaus dankbar dafür. Sie ging zum Auto zurück, wo Matt wieder auf dem Beifahrersitz Platz genommen hatte. Sein Gesicht hatte einen blassen Farbton angenommen. Ihm schien nach und nach klar geworden zu sein, dass er dem Tod nur knapp entronnen war.

»Soll ich Sie ins Krankenhaus fahren?«, fragte Verena.

»Ich habe gerade schon den Notarzt gerufen«, meinte Kate.

»Er müsste bereits auf dem Weg sein.«

Verena sah sie ungläubig an.

»Sie haben *was*?«

»Den Notarzt gerufen. Matt ist schließlich verletzt.«

Verena versuchte, sich nicht aufzuregen.

»Okay.«

Sie atmete tief ein und aus und wusste, dass sie jetzt nicht mehr viel Zeit hatte. Sie schnappte sich den leeren Benzinkanister und fragte Kate erneut nach Streichhölzern, die sie schließlich zögerlich aus dem Inneren des Ladens holte.

»Kommen Sie mal bitte mit, ich könnte Ihre Hilfe gebrauchen.«

Gemeinsam gingen sie auf das Gitter zu, welches direkt in die Kanalisation führte. Verena hob es hoch und stellte den Benzinkanister an den Rand. Aus der Tiefe drang ein abartiger Geruch zu ihnen herauf.

»Sie müssen jetzt exakt das tun, was ich Ihnen sage.«

Verena legte eine kurze Pause ein.

»Sie müssen mir vertrauen.«

Kate nickte, doch Verena sah, dass sie es nicht ernst meinte. Ihr Blick sprach eine ganz andere Sprache.

»Super. Zünden Sie mir bitte ein Streichholz an.«

Verena entleerte den kompletten Kanister in die Kanalisation und hörte, wie das Benzin an den Wänden abprallte und auf den Boden floss. Kate reichte ihr ein entzündetes Streichholz. Verena wartete einen kurzen Moment und trat dann einen Schritt nach vorne, um über den Rand hinweg spähen zu können.

»Kate?«

»Ja?«

»Sehen Sie sich das mal an.«

Ohne auch nur eine einzige Sekunde zu zögern, holte Verena

ihre Sig Sauer hervor, presste sie Kate an den Kopf – und drückte ab.

11

Jessica hatte sich ein Glas Rotwein eingeschenkt, während Esteban sich noch ein kaltes, alkoholfreies Bier aus dem Kühlschrank genommen hatte. Sie saßen auf der Wohnzimmercouch und stellten die Getränke auf den Tisch.
»Du hast eine wirklich gemütliche Wohnung. Mir gefällt die Einrichtung.«
»Ich danke dir.«
Durch den Rotwein fühlte sich Jessica lockerer und nicht mehr so angespannt. Außerdem erzeugte das Getränk eine angenehme Wärme in ihrem Inneren. Nach zwei Schlucken spürte sie bereits, wie ihr der Alkohol wegen der draußen herrschenden Wärme zu Kopf gestiegen war. Das war ihr jedoch egal, denn er vertrieb ihre Sorgen – und das war das einzig Wichtige. Esteban hatte seine Dose ebenfalls relativ schnell geleert und sich auf dem Sofa zurückgelehnt.
»Hast du einen guten Film da, den wir gucken können?«
Jessica deutete auf einen Schrank neben dem Fernseher.
»Du kannst dir gern eine DVD heraussuchen.«
Sie verschwand währenddessen in der Küche und öffnete den Kühlschrank. In einer Schale im oberen Fach lagen noch ein paar Stücke Wassermelone. Sie hatte die Frucht am gestrigen Tage klein geschnitten und den Rest im Kühlschrank deponiert. Mit der Schüssel in der Hand ging sie zurück ins Wohnzimmer und stellte sie auf den Tisch.
»Hast du dir einen Film ausgesucht?«
»Nein, noch nicht. Ich kann mich nicht entscheiden.«
»Was hat es denn in deine engere Auswahl geschafft?«

Er deutete auf die DVD der ersten Staffel von *Lost*.
»Die Serie wollte ich schon immer mal gucken. Hast du sie schon gesehen?«
Jessica schüttelte den Kopf.
»Nein, bisher noch nicht. Steht aber auch auf meiner Liste.«
»Dann ist die Entscheidung wohl gefallen.«
Er öffnete die Hülle, und wollte die erste DVD herausholen, rutschte dabei jedoch ab. Sein Ellenbogen traf daraufhin das gefüllte Rotweinglas, was eine Kettenreaktion in Gange setzte. Es fiel vom Tisch und zerbrach auf dem Laminatboden.
»Das tut mir leid.«
Esteban nahm sich ein Tuch und wischte den Boden sauber. Er übersah jedoch eine größere Scherbe und fasste mitten hinein. Das scharfe Glas bohrte sich sofort in seine Handfläche und er schrie auf. Augenblicklich floss ein Schwall Blut heraus und vermischte sich auf dem Boden mit dem Rotwein zu einer dunklen Masse.
»Warte. Ich hole dir was zum Verbinden.«
Während sie in die Küche ging, musste sie unwillkürlich grinsen. *Sein Gesichtsausdruck, als er das Glas fallen gelassen hat...* Jessica holte das Verbandszeug aus dem Schrank in der Küche und kehrte zu Esteban zurück. Er hatte in der Zwischenzeit bereits einen Großteil der Scherben aufgehoben.
»Danke.«
Sie legte ihm den Verband um, danach sammelten sie die restlichen Scherben auf, und wischten den Boden trocken. Jessica verzichtete darauf, sich ein weiteres Glas einzuschenken, und holte sich stattdessen eine Cola. Sie bot Esteban auch eine an, die er dankend annahm. Anschließend legte sie die erste DVD der ersten Staffel von *Lost* in den DVD-Player und drehte die

Lautstärke etwas höher. Sie konnte sich jedoch nicht wirklich auf die Serie konzentrieren, da ihr zu viele Gedanken im Kopf herumschwirrten. Sie sahen sich die ersten beiden Folgen an und sprachen dabei nicht viel miteinander. Danach schaltete Jessica den Fernseher wieder aus. Es war mittlerweile bereits nach fünfzehn Uhr, trotzdem hatte sie irgendwie das Gefühl, dass die Zeit nicht wirklich verging. Der Sekundenzeiger auf der Wanduhr brauchte gefühlt doppelt so lange wie sonst und kroch förmlich über das Ziffernblatt. Jessica nahm sich ein Stück Wassermelone und biss hinein. Der Saft lief ihr über das Kinn und sie wischte ihn sich achtlos mit der Hand weg. Esteban sah ihr dabei zu und grinste.
»Du kannst dir gern auch ein Stück nehmen.«
Sie fand ihn zwar sympathisch, doch seine bohrenden Blicke waren ihr irgendwie schon auf eine gewisse Art und Weise unangenehm.
»Danke, das hebe ich mir für später auf.«
Er schien ihre abweisende Haltung zu bemerken und wirkte etwas enttäuscht, doch sie scherte sich nicht darum. *Wir haben nur eine gemeinsame Mission. Danach werden wir nie wieder etwas miteinander zu tun haben.* Sie dachte weiter nach. *Ich sollte seine Aufmerksamkeit wieder auf unser Ziel lenken.* Sie nahm sich daraufhin noch ein Stück Wassermelone und sah ihn an.
»Was brauchen wir nachher denn alles?«
»Eine Taschenlampe wäre, denke ich ganz hilfreich, und vielleicht...«
Esteban stockte kurz.
»...sollten wir auch ein Messer mitnehmen.«
Jessica nickte.

»Da hast du recht. Wir wissen ja nicht, was passiert ist.«
Sie warf einen Blick auf ihr Handy. Es war auf stumm geschaltet, sie hatte jedoch keine Nachricht verpasst. *Noch immer kein Anruf von Officer West.* So langsam glaubte sie nicht mehr daran, dass diesbezüglich noch etwas passieren würde. *Er fordert uns doch quasi heraus, auf eigene Faust zu handeln.* So wenig ihr das auch gefiel, so wusste sie auch, dass sie jetzt keine andere Wahl mehr hatte. Esteban würde sich bestimmt nicht umstimmen lassen, und das aus Gründen, die sie durchaus nachvollziehen konnte. Sie suchte alles zusammen, was sie glaubte, zu benötigen. Neben der Taschenlampe und dem Messer gehörten auch eine Schachtel Streichhölzer und zwei Flaschen Wasser dazu.
»Für die Fahrt«, murmelte Jessica.
»Die dauert ja immerhin knapp zwei Stunden.«
»Wir werden Amy und Nelson finden. Das verspreche ich dir.«
Sie wollte ihm so gern glauben, konnte es aber nicht. *Einer von ihnen hat immerhin seine Hand verloren. Wie hoch ist da die Wahrscheinlichkeit, dass beide noch leben?*

12

Reinhart schoss, ohne auch nur eine weitere Sekunde zu zögern. Zwei Kugeln durchlöcherten den Brustkorb des Mannes, der direkt vor ihnen stand. Im Licht von Abrahams Taschenlampe war zu sehen, wie er das Gleichgewicht verlor und zu Boden ging.
»Alex!«
Die Stimme kam von dem Mann, der offenbar Aaron hieß. Reinhart richtete seine Waffe nun auch auf ihn, doch bevor er abdrücken konnte, gelang es seinem Gegner, ihn durch einen Tritt auszuschalten. Reinhart spürte, wie sein Kopf gegen die Wand schlug, und stöhnte schmerzerfüllt auf. Blut lief aus einer Platzwunde über seinen Hinterkopf und der Schmerz schien ihn fast zu lähmen. Er sah verschwommen, wie West sich aufrichtete. Aaron hechtete nach vorne und griff nach der Waffe, die Reinhart aus der Hand gefallen war. Er erwischte sie und schaffte es, West eine Kugel in den Oberschenkel zu verpassen.
»Arthur, wir müssen hier weg.«
»Aber was ist mit Alex?«
Die Stimme von Arthur wirkte ebenfalls verzerrt.
»Dem können wir nicht mehr helfen.«
Aaron drehte sich zu Reinhart und West um. Reinhart spürte, wie ihm das Blut über den Hinterkopf lief. Sein Kopf fühlte sich an, als würde er gleich platzen. West wirkte allerdings so, als würde er sich in noch schlechterer Verfassung befinden. Aus einer Schusswunde an seinem Oberschenkel lief jede Menge Blut – er schien jedoch noch bei Bewusstsein zu sein. Die beiden Männer, die sich als Aaron und Arthur herausgestellt hat-

ten, ergriffen nun die Flucht. Sie ließen die Leiche des dritten Mannes einfach auf dem Boden liegen.
»Ken?«
Reinhart rüttelte am Arm seines Kollegen. Dieser brachte jedoch nur ein leises Stöhnen zustande.
»Ist Peter...«, krächzte er.
»Ja, er ist tot.«
Reinhart warf einen kurzen Blick auf den Leichnam von Peter Abraham. Auf dem Boden hatte sich eine Pfütze aus Gallert und Blut gebildet. Er wandte sich schnell ab und schaffte es, die Galle, die in ihm aufstieg, zurückzuhalten.
»Verdammt, das war unnötig.«
Er reichte Reinhart seine Waffe.
»Nimm meine und versuch, den beiden zu folgen.«
»Und was ist mit dir?«
»Ich komme schon zurecht.«
Er biss sich auf die Zähne.
»Ich lasse dich doch jetzt nicht allein. Sollten sie zurückkommen, bist du ihnen schutzlos ausgeliefert.«
»Warum sollten sie das tun?«
Reinhart hatte sich dasselbe gefragt, er hielt es nicht für wahrscheinlich. Doch konnte man die Gedankengänge von solchen Menschen überhaupt logisch nachvollziehen?
»Wir wissen nicht, wie sie ticken oder was sie überhaupt hier wollen. Auf mich wirken sie wie geisteskranke Irre, die hier unten ihr Lager aufgeschlagen haben - aus welchen Gründen auch immer.«
West nickte. Ihm fiel das Sprechen noch immer schwer, weshalb er sich dazu entschied, erst einmal nichts mehr zu sagen.
»Doch es muss einen Grund für ihr Verhalten geben. Sie hätten

uns ja auch erschießen können, wir waren gerade schließlich nicht in der Lage, uns zu verteidigen. Er hat mir aber nur in den Oberschenkel geschossen.«

Plötzlich war in der Ferne ein Geräusch zu hören. Es klang, als würde eine schwere Eisentür über den Boden schaben und wenig später ins Schloss fallen.

»Es gibt hier offenbar einen Ausgang und sie haben diesen gerade genommen«, mutmaßte West.

»Hilf mir mal bitte auf die Beine.«

Reinhart hob die Taschenlampe auf, steckte sie sich in den Gürtel und streckte die Hand aus. West zog sich an ihm hoch, lehnte sich als er auf beiden Beinen stand aber sofort an die Wand.

»Ich habe mir vorher noch nie eine Kugel eingefangen«, murmelte er.

»Das sind ja höllische Schmerzen.«

»Kannst du denn überhaupt gehen?«

West humpelte einen halben Meter nach vorne, stützte sich dabei aber die ganze Zeit an der Wand ab.

»Ja, es geht schon. Ich komme aber nicht wirklich schnell voran.«

Reinhart zuckte mit den Schultern.

»Das ist egal. Wir müssen die beiden aber trotzdem schleunigst fassen und einen Weg hier rausfinden.«

»Und dann wären da auch noch die beiden Vermissten«, erinnerte ihn West keuchend.

»Amy und Nelson. Wir dürfen nicht vergessen, dass wir wegen ihnen überhaupt erst hier unten gelandet sind.«

Reinhart überlegte. Es war jetzt ein paar Stunden her, seit sie diesen verborgenen, unterirdischen Teil des Schwimmbades betreten hatten, doch es gab immer noch keine Spur von Amy und

Nelson. Ein paar Augenblicke später, in denen sie nur wenige Meter vorangekommen waren, war plötzlich fließendes Wasser zu hören. Es kam von oben und rauschte durch die Rohre, die überall an den Wänden angebracht waren.
»Was hat das denn bitte zu bedeuten?«, murmelte West überrascht.
Reinhart sah ihn fragend an.
»Was meinst du?«
»Na das Wasser.«
Er klopfte auf das Rohr, an dem er sich gerade festhielt.
»Es klingt fast so, als hätte irgendjemand die Pumpe aktiviert.«
»Sie scheinen den oberen Teil des Schwimmbades erreicht zu haben. Das heißt, wir sind davon nicht mehr weit entfernt.«
Aber was haben sie vor? Reinhart wollte sich eigentlich gar nicht den Kopf darüber zerbrechen, tat dies aber unwillkürlich. Die beklemmende Dunkelheit, die bloß von dem gelben Lichtkegel der Taschenlampe erhellt wurde, erzeugte unwillkürlich schreckliche Bilder in seinem Kopf. *Verdammt, dort war es genauso. Schwarze Dunkelheit und...* Er spürte, wie sich eine Gänsehaut auf seinem Rücken ausbreitete. *...Geschehnisse, die sich bis heute nicht erklären lassen. Nur eine Hand, die wir gefunden haben. Menschen, die einfach spurlos verschwinden.* Er wollte es nicht heraufbeschwören, aber es ließ sich einfach nicht anders erklären. *Aaron und Arthur! Sie müssen darüber Bescheid wissen und haben uns deshalb verletzt hier zurückgelassen.* Reinhart spürte plötzlich eine unfassbare Wut in sich aufsteigen. Er entsicherte die Waffe und machte sich schussbereit. *Die haben sich definitiv mit dem Falschen angelegt.*

13

Am Boden angekommen, ging Kates Körper sofort in Flammen auf. Verena blickte, mehr oder weniger zufriedengestellt, in den dunklen Schacht hinab, der nun im Licht des Feuers orange leuchtete. Dunkle Hände rissen das Fleisch von dem leblosen Körper und Blut spritzte auf die blaue Steinwand. Der Kanister war noch mehr als zur Hälfte gefüllt. Verena nahm ihn in die Hand und ging damit ins Innere des *Road Stops*. *Die ganze Gegend hier ist verseucht.* Sie schüttelte den Kopf. Diese Situation war definitiv eine neue. Bisher hatten sich die Wesen nicht auf die Straße gewagt – schon gar nicht am helllichten Tage. Sie ließ ihren Blick zur Straße schweifen. Von dem Notarzt, den Kate gerufen hatte, war noch nichts zu sehen. *Ich habe wahrscheinlich noch genügend Zeit.* Sie verteilte das Benzin großzügig auf dem Boden und versuchte, nicht in die Pfützen zu treten und darin auszurutschen, als sie durch den Laden schritt. Hinter dem Tresen entdeckte sie die Sonnenbrille von Kate. Sie nahm sie und setzte sie auf. *So bleibe ich unerkannt.* Sie verteilte den Rest des Benzins auf dem Tresen und verließ den Laden dann schnell durch die Vordertür. Sie zündete vorsichtig ein Streichholz an und ließ es auf die Benzinspur fallen. Diese entzündete sich sofort, und schon bald loderte im Inneren des Geschäftes ein gigantisches Feuer. Verena lief zurück zu ihrem Auto.
»Der Laden brennt!«
Sie startete in aller Ruhe den Motor. Matt blickte sie verwirrt von der Seite an.
»Wo ist Kate? Was ist passiert?«
»Es war ein Unfall.«

»Was ist passiert?«, fragte Matt erneut, dieses Mal noch ernster.
»Ich habe vorhin einen Schuss gehört.«
Verdammt!
»Diese Wesen sind jetzt leider überall. Ich habe alles versucht, doch ich habe es nicht geschafft. Kate wurde angegriffen.«
Sie versuchte, ihre Worte so glaubwürdig wie möglich herüberzubringen. Allerdings fragte sie sich im nächsten Moment, warum sie das überhaupt tat. *Ich brauche ihn schließlich nicht mehr.*
»Fragen Sie nicht so viel, Matt.«
Verena sprach diese Worte ganz ruhig und sachlich. Sie richtete ihre Waffe nun auf seinen Kopf.
»Ich werde, ohne zu zögern, abdrücken, wenn Sie irgendwelche Dummheiten versuchen sollten.«
»In Ordnung.«
Matt hob die Hände.
»Lassen Sie mich bitte aussteigen, und danach sollten Sie von hier verschwinden. Ich werde einfach auf den Notarzt warten.«
Er verzog theatralisch das Gesicht. Verena schaltete den Motor aus.
»Na schön, dann steigen Sie aus.«
Matt blickte sie entgeistert an, bevor er hastig die Tür öffnete und ausstieg. Verena blickte in den Rückspiegel und sah, wie etwas Dunkles aus den Flammen stieg. Beim Anblick des Dämons bekam sie unwillkürlich eine Gänsehaut. Ihre Vorfreude stieg nun mit jeder Sekunde, doch sie war vermischt mit etwas Ungewissheit und vielleicht sogar Angst. *Was hat das alles zu bedeuten? Warum halten sie sich überhaupt hier auf?* Die Lagerhalle war immerhin ein paar Meilen entfernt. *Und dieses Schwimmbad erst recht.* Sie warf einen Blick auf ihre Uhr. Es

war jetzt kurz nach elf. *Verdammt, wenn das so weitergeht, werde ich niemals rechtzeitig dort ankommen.* Matt sah nicht, wie der Dämon ihm immer näherkam. Er hatte sich hingesetzt und beobachtete ängstlich Verenas Auto und die Straße. *Er wartet auf den Krankenwagen.* Verena überlegte. *Wenn der hier ankommt, werde ich längst verschwunden sein.* Sie warf einen Blick aus dem Fenster. *Doch er muss bis dahin auch verschwunden sein. Mir bleibt keine andere Wahl, wenn ich meinen Kopf aus der Schlinge ziehen möchte.* Sie öffnete die Tür und trat auf den Asphalt.
»Matt, hinter Ihnen!«
Matt drehte sich erschrocken um, und Verena nutzte den Moment seiner Unachtsamkeit, um die Brusttasche ihrer Bluse zu öffnen und etwas heraus zu ziehen, was sie immer bei sich trug – und das ihr in Zeiten größter Not schon öfter geholfen hatte. Matt nahm die spitze Nadel in seinem Arm erst wahr, als das Betäubungsmittel bereits seinen Blutkreislauf erreicht hatte. Er öffnete den Mund, bekam ihn aber nicht mehr geschlossen, bevor seine Augenlider zufielen und er das Bewusstsein verlor. Verena blickte sich ein weiteres Mal kurz um und versuchte dann, den reglosen Körper in ihren Kofferraum zu hieven. Matt war weitaus schwerer, als sie gedacht hatte – es dauerte daher ein paar Minuten, bis sie die schweißtreibende Aufgabe erfolgreich gemeistert hatte. Aus der Ferne war nun ein näherkommendes Auto zu hören. Verena entschied sich dazu, ein paar Augenblicke abzuwarten, ehe sie losfuhr. Sie bückte sich und ging hinter dem Kofferraum in Deckung. Der Fahrer verlangsamte den Wagen jetzt und hielt schließlich ganz an.
»Was ist denn hier passiert?«
Eine Frauenstimme war nun zu hören.

»Ich weiß es nicht«, antwortete eine andere Stimme, die etwas tiefer und männlich klang.
»Ich wollte hier eigentlich den Wagen volltanken.«
»Wir sollten die Polizei rufen.«
Verena musste unwillkürlich grinsen. Die Flammen loderten weiterhin über dem Gebäude in den Himmel und verteilten ihren schwarzen Rauch in der Luft. Verena nahm die Sig Sauer aus ihrem Gürtel und entsicherte sie so leise wie möglich.
»Was hast du vor?«, fragte die Frau ängstlich.
»Da steht ein Auto«, meinte der Mann und deutete auf Verenas Wagen.
»Vielleicht ist der Fahrer ja noch irgendwo in der Nähe.«
»Lass uns lieber die Polizei rufen und von hier verschwinden.«
»Nein.«
Der Mann schwieg kurz.
»Falls sich noch jemand in der brennenden Tankstelle befindet, was nicht auszuschließen ist, dann muss ich dort rein und demjenigen helfen.«
»Warte.«
Die Frau schloss langsam zu dem Mann auf und hatte ihn kurz vor der Eingangstür erreicht.
»Der Laden scheint leer zu sein«, murmelte er nach einem Blick durch die teilweise noch erhaltene Glasfront des Gebäudes.
»Dann sollten wir schleunigst von hier weg.«
»Nicht, bevor ich die Feuerwehr gerufen habe.«
Verena beobachtete, wie der Mann sein Handy aus der Tasche kramte und den Notruf anrief. Sie sah sich das Geschehen noch ein paar Sekunden an und überlegte währenddessen, wie sie am klügsten vorging. Schließlich entschied sie sich dazu, weiterhin unentdeckt zu bleiben. Nachdem der Mann den Anruf beendet

und aufgelegt hatte, sprach er wieder mit der Frau.
»Die Feuerwehr wird in einer halben Stunde hier sein. So lange sollten wir noch warten.«
Verena wurde langsam ungeduldig. So viel Zeit hatte sie nicht mehr – sie musste sich beeilen, wusste jedoch nicht, was sie jetzt tun sollte. Sie schlich leise um den Wagen herum und öffnete vorsichtig die Fahrertür. Aus dem Augenwinkel registrierte sie, dass sich die tiefschwarzen Wesen wieder in die Kanalisation zurückgezogen hatten. Aus dem dunklen Loch drangen leise Geräusche hervor, die jedoch nur Verena wahrnahm. Der Mann hatte mittlerweile die Tankstelle umrundet, während die Frau weiterhin vor der Front wartete. Sie wirkte unruhig und blickte immer wieder nach links und rechts. *Sie spürt, dass noch jemand anderes hier ist.* Verena grinste. *Nun, damit sollte es aber bald vorbei sein.* Sie zog sich langsam an der geöffneten Autotür hoch und setzte sich dann hastig auf den Fahrersitz. Beim Anblick des blutbefleckten Beifahrersitzes musste sie unwillkürlich wieder an Matt denken. Sie wusste nicht, wie lange das Betäubungsmittel anhalten würde – das war von Mensch zu Mensch verschieden, hatte sie in den letzten Jahren festgestellt. Ein paar Minuten Zeit hatte sie aber auf alle Fälle noch. Die Sonne brannte auf den Asphalt, und Verena war froh, durch die Sonnenbrille ihre Augen etwas entspannen zu können. Durch das geöffnete Fenster drang nun wieder die Stimme des Mannes. Er hatte mit der Begutachtung des Gebäudes abgeschlossen und stand jetzt wieder neben seiner Frau.
»Es ist niemand da, aber ich bin mir sicher, dass ich eben etwas gehört habe.«
Er legte einen Finger auf seine Lippen und lauschte.
»Hörst du das auch?«

Die Frau nickte.
»Es scheint von dort zu kommen.«
Sie deutete auf den Kanalisationsschacht.
»Du hast recht.«
Er ging vor und sie folgte ihm. Vorsichtig wagte er sich an das tiefschwarze Loch heran und warf einen Blick über die Kante.
»Da drin brennt es!«
»*Was?*«
»Sieh dir das mal an!«
Er trat einen Schritt zur Seite.
Okay, es reicht. Verena nahm ihre Schusswaffe in die Hand. *Genug beobachtet.* Gerade, als sie sich bereit machte, abzudrücken, hörte sie ein lautes Poltern aus dem Kofferraum.

14

Der Weg führte sie weiterhin durch die Dunkelheit. Das Rauschen des Wassers in den Rohren neben ihnen wurde immer lauter, was Reinhart für ein gutes Zeichen hielt. Sie kamen allerdings weiterhin nur langsam voran und mussten immer wieder Pausen einlegen. Für West war jeder Meter ein Kraftakt und jeder Schritt ließ ihn vor Schmerzen aufstöhnen.
»Sollen wir eine Pause machen?«
Er stellte seinem Kollegen die Frage, obwohl er eigentlich unbedingt weitergehen wollte, um Aaron und Arthur nicht allzu viel Vorsprung zu gewähren. Er ging zwar davon aus, dass sie bald den oberen Teil des Schwimmbades erreicht hatten, wusste aber nicht, ob West den Weg in seiner aktuellen Verfassung auch bewältigen können würde.
»Das wäre gut«, antwortete sein Kollege stöhnend.
West lehnte sich an die Wand und ließ sich zu Boden rutschen.
»Ohne mich bist du schneller.«
»Ich kann dich aber doch nicht einfach hier zurücklassen.«
»Ich komme schon zurecht, Charles. Schnapp dir diese beiden Scheißkerle und hol mich dann irgendwie hier raus.«
Im Lichtkegel der Taschenlampe sah Reinhart ein schwaches Grinsen. West schwitzte immer mehr.
»Du hast ziemlich viel Blut verloren. Bist du dir sicher, dass du das schaffst?«
West nickte.
»Komm schon, du solltest keine Zeit verlieren.«
»Ich bin so schnell es geht wieder da.«
Reinhart drehte sich um, erhöhte sein Schritttempo und kam so

natürlich viel besser voran. Er orientierte sich stets an den Rohren an der Wand und hatte auf diese Weise schon wenig später eine schwarze Tür erreicht. Sie war unverschlossen, also drückte er die Klinke hinunter und öffnete sie. Es erwies sich als wahrer Kraftakt, die dicke Stahltür über den Boden zu schieben. Fahles Licht fiel in den dunklen Gang. Reinhart sah sich aufmerksam in dem Bereich um, in dem er nun gelandet war. Er befand sich direkt vor der riesigen Schwimmhalle im Außenbereich. Das Wasser wurde durch den sanften Wind leicht aufgewühlt. Es war keine Menschenseele zu sehen. Das Absperrband flatterte leicht im Wind, doch es war das einzige Geräusch weit und breit. *Wo sind die anderen beiden? Sie müssen doch irgendwo in der Nähe sein.* Er sah sich um und entdeckte schließlich ein Becken, welches direkt ins Innere des Schwimmbades zu führen schien. Das Wasser sah aus der Ferne nicht normal aus, und als Reinhart das Becken erreicht hatte, erkannte er auch den Grund dafür. Es hatte einen rosaroten Farbton angenommen. Reinhart bekam bei diesem Anblick unwillkürlich eine Gänsehaut. Unbehagen stieg in ihm auf, wurde jedoch schnell von der Hoffnung vertrieben, endlich auf eine Spur gestoßen zu sein. Um ins Innere zu gelangen, musste er allerdings durch das nur etwa knietiefe Becken waten. Er zögerte nicht lange, stieg hinein und versuchte, seinen Blick nach vorn zu richten. Es fühlte sich merkwürdig an, durch das blutige Wasser zu gehen, und er war froh, als er sich endlich auf den Fliesen abstützen und aus dem Becken steigen konnte. Im Inneren war die Luft angenehm warm. Vor sich sah er eine Wendeltreppe, die zu einer Glastür führte. Diese trennte den Innenbereich des Schwimmbades von den äußeren Becken. Die Lüftung surrte leise, während er die Stufen bewältigte und durch die stickige Luft schnell ins Schwitzen geriet. Er wischte sich den Schweißfilm von der Stirn und öffnete die Glastür. Auf dem Boden entdeckte er getrocknete Blutspuren. *Das ist alles in der letzten Nacht passiert.* Er schluckte schwer. Als er seinen Blick etwas schweifen ließ, entdeckte er frische Fußspuren auf den blauen Fliesen. Er folgte ihnen und passierte ein paar Becken, bis er bei einer Rutsche angekommen war. Die Spur endete hier, doch als er seinen Blick hob, sah er, dass die Fußabdrücke die Treppenstufen hinaufführten. Oben angekommen, atmete er einmal tief durch. Die Luft war hier deutlich angenehmer als unten, denn aus einem Lüftungsschacht in der Decke strömte unentwegt frische Luft, die seinen Schweiß augenblicklich trocknete. Er genoss die Erfrischung einen Augenblick lang, besann sich danach jedoch wieder auf seine Aufgabe. Er ging auf die Knie und warf einen Blick in die Röhre hinein. Er konnte nicht viel erkennen, da das schwache Tageslicht in geringer Entfernung in der Dunkelheit verschwand – einzig und allein eine schmale, dunkle Spur war zu sehen. Reinhart beugte sich weiter nach vorn und fasste dabei in die Spur. *Blut!* Er zog seinen Finger angeekelt zurück und wischte sich die Hand an seiner Uniform ab. *Was zur Hölle ist hier nur passiert?* Er entschied sich dazu, die Treppenstufen wieder hinunterzusteigen, denn es gab für ihn hier oben nichts mehr zu sehen. Etwas enttäuscht ging er über die blauen Fliesen zurück und überlegte angestrengt. *Wo sind die beiden Männer abgeblieben? Sie hatten zwar einen Vorsprung, aber ich habe vorhin doch gehört, wie das Wasser aufgedreht wurde.* Er entschied sich kurzerhand dazu, auch noch die Becken im hinteren Abschnitt und den Saunabereich abzusuchen. Die Fliesen wirkten hier etwas rutschiger, und tatsächlich erkannte er bei näherem Hinsehen einige Tropfen Wasser auf dem Boden. *Ich bin also auf der richtigen Spur.* Bald darauf hatte er den Bereich mit den Duschen erreicht, passierte diesen und stand nun vor einer dünnen Glastür, hinter der der Saunabereich lag. Innen brannte Licht, was ihn aber nicht verwunderte, da er ja bereits wusste, dass er nicht allein war. *Sie müssen sich Zugang zum Strom verschafft haben und halten sich jetzt irgendwo hier drin versteckt.* Da Reinhart keine weiteren Anhaltspunkte hatte, öffnete er kurzerhand die Tür und betrat den Saunabereich. Der Boden bestand hier aus Holzdielen. Je weiter sich Reinhart voran wagte, desto wärmer wurde es. Die Sauna schien also in Betrieb zu sein und die Hitze umgab ihn von allen Seiten. Er steckte die Taschenlampe weg, griff nach seiner Dienstwaffe und entsicherte sie. Vorsichtig blickte er um die Ecke des Raumes. Nichts. Auf dem vor ihm liegenden Gang gab es auf beiden Seiten je vier Saunakabinen, die mit Zahlen von eins bis acht beschriftet waren. Reinhart ging langsam und schaute sich jede einzelne Kabine genau an. Auf den Glasscheiben waren Fingerabdrücke zu sehen, doch sonst gab es hier nichts, was ihn wirklich weiterbrachte. Am Ende des Ganges führte ihn eine Glastür zu einem weiteren Pool. Als Reinhart sie aufschieben wollte, merkte er, dass sie versperrt war. Er zog stärker an dem Griff, drückte, und warf sich mit seinem gesamten Körpergewicht gegen die Tür, doch es tat sich nichts, sie bewegte sich keinen einzigen Millimeter. Frustriert schlug er mit der Faust gegen das Glas, was jedoch nur zur Folge hatte, dass er seine Hand mit schmerzverzerrtem Blick zurückzog. *Ich bin ein Idiot.* Er überlegte, was er als Nächstes tun könnte, und blieb einen Moment vor der Tür stehen. *Warum ist sie verschlossen? Was hat das für einen Grund?* Ihm fiel darauf allerdings keine Antwort ein, was ihn nur noch mehr frustrierte. Er konnte nichts anderes tun, als diesen Ort wieder zu verlassen – obwohl er sich einer Lösung so nah wie nie zuvor fühlte. Er verließ den Saunabereich, kam an den Duschen vorbei und schlug nun einen anderen Weg ein. Dieser führte ihn an zahlreichen Umkleidekabinen und Schließfächern vorbei in den Eingangsbereich. Die Kasse befand sich in einem Glaskasten, und aus der Ferne konnte Reinhart sehen, dass die Tür nur angelehnt war. Ein paar Sekunden später befand er sich schon im Innenraum und ließ seinen Blick umherschweifen. Alles wirkte normal. Zumindest im ersten Moment entdeckte er nichts Außergewöhnliches – bis er die verschiedenen Knöpfe betrachtete. Diese waren beschriftet und schienen augenscheinlich zur Wasserversorgung der einzelnen Becken zu dienen. Alle leuchteten in einem gelben Licht – bis auf einer. Dieser war komplett schwarz und ohne Beschriftung. Reinhart runzelte die Stirn. Er dachte nicht lange über das, was er tat, nach, und drückte den Knopf.

15

Das darf doch wohl nicht wahr sein. Verena warf die Waffe in den Fußraum und duckte sich, doch es war zu spät. Der Mann hatte sie bereits erblickt und kam nun auf das Auto zugelaufen.
»Da stimmt irgendetwas nicht.«
Währenddessen machte Matt weiterhin auf sich aufmerksam und trat von innen heftig gegen den Kofferraumdeckel. Verena hörte, wie die Schritte des Mannes über den kiesbedeckten Boden näherkamen. Er umrundete das Auto und beugte sich über das geöffnete Fenster auf der Fahrerseite.
»Kann ich Ihnen helfen?«
Erneut folgte ein Poltern.
»Machen Sie bloß nicht den Kofferraum auf«, meinte Verena nur.
Sie versuchte, möglichst ernst dabei zu klingen.
»Was haben Sie denn dort drin?«, fragte der Mann, und ging nicht näher auf ihre Bemerkung ein. Verena gefiel das ganz und gar nicht.
»Das geht Sie gar nichts an.«
»Ich fürchte schon.«
»Lassen Sie mich in Ruhe.«
»Nicht, bevor Sie mir gezeigt haben, was sie da im Kofferraum haben.«
Wie zur Unterstreichung seiner Forderung machte Matt sich jetzt ein weiteres Mal bemerkbar. Er bearbeitete den Kofferraumdeckel von innen so extrem mit seinen Händen und Füßen, dass Verena jeden Moment damit rechnete, dass die Klappe aufspringen würde. Sie verfluchte sich dafür, dass sie überhaupt in

dieser Situation steckte, und zögerte einen Moment.
»Na schön«, murmelte sie, öffnete die Fahrertür und stieg langsam aus. Die Sonnenstrahlen brannten auf ihrer Haut, als sie den Wagen umrundete und zum Kofferraum ging. Der Mann folgte ihr, während die Frau sich etwas außer Reichweite aufhielt und das Geschehen aus der Ferne beobachtete. *Sie geht wenigstens mit der nötigen Vorsicht an die ganze Sache heran.* Verena grinste innerlich. Sie öffnete langsam die Klappe. Matt kam ihr sofort entgegengesprungen, verlor aber das Gleichgewicht und landete auf dem Boden.
»Sie sind absolut krank!«, schrie er Verena entgegen und ging auf sie los.
Ich bin krank und du bist gleich ein toter Mann. Sie zielte mit ihrer Sig Sauer auf ihn und schoss. Die Kugel durchbohrte sein rechtes Auge, und Blut spritzte auf das T-Shirt des Mannes, der direkt neben Matt stand. Aus dem Hintergrund war kurz darauf zu hören, wie die Frau aufschrie. Matts toter Körper fiel zu Boden und landete im staubigen Kies.
»Frank! Komm sofort her!«
Der Mann, der offenbar Frank hieß, blickte Verena ungläubig an. Er rannte nicht weg, er stand wohl noch zu sehr unter Schock wegen dem, was er gerade gesehen hatte. Verena durchlöcherte mit zwei Kugeln seine Brust. Der geschockte Ausdruck in seinen Augen blieb auch in dem Moment bestehen, in dem er starb, was Verena eine zusätzliche Befriedigung verschaffte. Sie sah zu der Frau hinüber. Ihre Blicke trafen sich einen kurzen Moment, ehe sie sich dazu entschied, das Weite zu suchen. Verena ließ es zu. Sie steckte die Waffe weg und sah, wie die Frau die brennende Tankstelle umrundete und schon bald darauf aus ihrem Sichtfeld verschwunden war. Verena grinste

zufrieden. *Sie läuft direkt in eine Falle hinein.* Sie wandte ihren Blick ab und sah stattdessen die beiden Leichen an. Beide Männer wiesen eine gewisse Ähnlichkeit auf – sie hatten dieselbe Größe und Statur. Verena zog die Körper nacheinander in Richtung Tankstelle und legte sie vor das Feuer, dann schüttete sie vorsichtig etwas Benzin darüber und entfernte sich. Das Feuer griff schnell auf die Körper über, und schon bald standen sie komplett in Flammen. Aus der Ferne war nun leise ein Martinshorn zu hören. Verena wandte sich wieder ihrem Auto zu, stieg ein und startete den Motor. Mittlerweile zeigte die Uhr halb zwölf – sie drückte das Gaspedal bis zum Anschlag durch und verließ mit quietschenden Reifen den Parkplatz des *Road Stops*. Im Rückspiegel sah sie, wie sie die brennende Tankstelle immer weiter hinter sich ließ. Bald war hinter den Bäumen des nahen Waldes nur noch schwarzer Rauch zu sehen. Sie öffnete das Fenster und atmete tief durch. Durch die Sonnenbrille nahm sie ihre Umgebung in einem mattschwarzen Farbton wahr. Die Bäume rauschten an ihrem Auto vorbei, und durch das Blätterdach über ihrem Kopf bahnten sich einzelne Sonnenstrahlen ihren Weg auf die holprige Fahrbahn. Alles wirkte auf Verena irgendwie surreal. Der kühle Luftzug fühlte sich gut auf ihrer Haut an, er trocknete den Schweißfilm, der sich auf ihrer Stirn gebildet hatte und ließ sie für einen Moment klarer denken. Während sie über die unebene Fahrbahn raste, dachte sie wieder über das nach, was eben passiert war. *Ich habe so handeln müssen. Verdammt, sie hätten mich sonst an meiner Mission gehindert.* Es störte sie nicht im Geringsten, dass sie gerade zwei Menschen getötet hatte, denn daran hatte sie sich in letzter Zeit bereits gewöhnt – es war zur Normalität geworden. Das Einzige, was ihr missfiel, war die Tatsache, wie das Ganze zustande gekommen war. *Das war wirklich verdammt unnötig gewesen.* Sie hatte eigentlich einen komplett anderen Plan gehabt, hätte Matt vielleicht sogar am Leben gelassen. *Er wollte es einfach nicht*, redete sie sich ein. *Und dieser Frank hat sich total bescheuert verhalten. Meinte wohl, sich irgendwie vor mir aufspielen zu müssen.* Schon seit langer Zeit hasste sie Menschen, die ein solches Verhalten an den Tag legten – weshalb sie sein Tod besonders erfreute. Er hatte es nicht anders verdient. Die Strecke, die sie durch den Wald führte, war furchtbar eintönig. Sie wirkte nach kurzer Zeit schon fast einschläfernd auf sie. Doch allein der Gedanke an ihr Vorhaben hielt Verena wach. Sie wusste, dass von nun an jede Sekunde zählte – sie durfte keine Zeit mehr verlieren.

Holly schrie auf, als sie sah, wie Franks Brust von zwei Kugeln durchlöchert wurde und sein Körper zu Boden fiel. Sie konnte nicht fassen, was gerade geschehen war, und blieb wie angewurzelt stehen. Der Blick der mysteriösen Frau traf kurz darauf ihren, weshalb sie sich schnell wegdrehte. Einen Moment lang hatte sie das Gefühl, dass die Waffe direkt auf sie gerichtet worden war. Sie rechnete jede Sekunde damit, dass eine Kugel ihren Rücken durchbohren würde, doch das war nicht der Fall. Als sie wieder klar denken konnte, lief sie um die Ecke des abgebrannten Gebäudes und duckte sich hinter der Fassade. Sie verhielt sich komplett still, so lange, bis sie hörte, wie die Frau mit quietschenden Reifen vom Parkplatz der Tankstelle verschwand. Holly wurde erst jetzt so richtig bewusst, was gerade geschehen war. Vor ihrem inneren Auge sah sie nun in Dauerschleife, wie Franks Körper in den Staub fiel und dort leblos liegen blieb. Sie machte vorsichtig einen Schritt nach vorn und

spähte aus ihrer Deckung heraus um die Ecke des Gebäudes. Von beiden Männern war nichts zu sehen. Sie runzelte die Stirn und rieb sich die Augen. *Hat sie die Leichen etwa mitgenommen?* Sie kannte die Frau zwar nicht, ahnte aber, dass ihr alles zuzutrauen war. Dennoch glaubte sie nicht daran, dass sie die toten Körper in ihr Auto gepackt hatte, bevor sie fluchtartig verschwunden war. Und sie behielt recht. Als sie die Tankstelle näher inspizierte, entdeckte sie die zwei Leichen im Eingang; das Feuer hatte bereits auf die Körper übergegriffen und sie in Brand gesetzt. Sie konnte nichts tun, außer dabei zuzusehen, wie die Haut der Männer mit jeder Sekunde schwärzer wurde. Plötzlich hörte sie ein Geräusch, mitten aus dem abgebrannten Innenraum. Hinter zwei Holzregalen, die fast komplett heruntergebrannt waren, entdeckte sie auf einmal einen schwarzen Schatten.
»Ist da jemand?«, rief sie mit zitternder Stimme.
Das Geräusch klang wie das Hecheln eines Hundes – und doch irgendwie ein bisschen anders. Holly wagte sich noch ein paar Schritte weiter nach vorn und spürte, wie sie von der sengenden Wärme der Flammen umhüllt wurde. Es war extrem heiß, doch sie versuchte, das so gut es ging zu ignorieren und sich auf das zu konzentrieren, was sie eben gesehen hatte. Direkt vor ihr befand sich ein Regal mit mehreren Glasflaschen und Dosen. Gerade, als sie dieses passierte, platzte eine der Flaschen. Sie konnte sich nicht mehr rechtzeitig ducken und schrie schmerzerfüllt auf, als sich eine spitze Scherbe in ihren Arm bohrte. Blut strömte aus der Wunde hervor, und die Mischung aus Schock und Schmerz lähmte sie nahezu. Sie stützte sich am Holz ab und versuchte, wiederzufinden, was sie gerade gesehen hatte. Ihre Augen tränten, was das Ganze zusätzlich erschwerte. Als der

Schatten wieder in ihr Blickfeld rückte, atmete sie auf. *Es war also doch keine Einbildung.* Das Feuer versengte ihre Haare, doch das war ihr in diesem Moment vollkommen egal. Auch die unfassbare Hitze machte ihr nur wenig aus – sie hoffte in diesem Moment einfach nur, dass es hier jemanden gab, der ihr helfen würde. Sie sah, wie sich der schwarze Schatten entfernte und geradewegs auf den Tresen zuging. Es schien fast so, als würde ihm das Feuer überhaupt nichts ausmachen. Holly lief, ohne zu zögern, hinterher. In diesem Teil des kleinen Geschäfts war das Feuer nicht so stark, es hatte sich noch nicht wirklich bis dorthin ausgebreitet. Überall roch es nach Benzin, und als ihr dann auch noch ein geöffneter Kanister ins Auge fiel, musste sie unweigerlich würgen. Sie hasste den Geruch, es gab nichts, was sie mehr verabscheute. Hinter dem Tresen gab es nur einen kleinen Raum - sonst gab es nicht viel zu sehen. Etwas enttäuscht wandte Holly sich wieder ab und lauschte einen Moment. Von draußen hörte sie nun leise das Geräusch eines Martinshorns. Erleichtert stieß sie die Tür auf, die sie in den rückwärtigen Teil des Gebäudes führte, und betrat den kiesbedeckten Boden neben der Tankstelle. Sie atmete tief ein und füllte ihre Lunge mit frischer Luft, bevor sie das Gebäude erneut umrundete. Sie nahm den geöffneten Kanalisationsschacht überhaupt nicht wahr. Erst, als sie umknickte, den Halt verlor und in die Tiefe stürzte, wurde ihr bewusst, dass sie irgendetwas übersehen haben musste.

16

Mit jeder weiteren Sekunde wurde die Stimmung angespannter. Jessica und Esteban schwiegen, weil niemand wusste, was er sagen sollte. Die Sachen, die sie zusammengesucht hatten, standen auf dem Wohnzimmertisch.
»Ich glaube nicht mehr, dass das eine gute Idee ist«, murmelte Jessica.
Esteban sah sie daraufhin ernst an.
»Wir machen doch jetzt keinen Rückzieher mehr, nachdem wir alles vorbereitet haben.«
»Ich fühle mich dabei aber nicht wirklich wohl.«
Jessica dachte an Amy und spürte, wie ihr plötzlich die Tränen in die Augen stiegen. *Wir haben immer noch kein Lebenszeichen von ihr und von Nelson bekommen. Sie sind bestimmt mittlerweile beide tot.* Sie spürte, wie Esteban einen Arm um ihre Schultern legte und ließ es zu. Es fühlte sich nicht schlecht an, ganz im Gegenteil. Sie fand es angenehm, deshalb nutzte sie die Situation aus und lehnte sich weiter zurück.
»Wir finden sie. Unser Einsatz wird sich auszahlen.«
Esteban klang enorm selbstsicher.
»Ich hoffe es so sehr.«
Jessica beruhigte sich langsam wieder. Sie strich sich eine Strähne aus der Stirn und lächelte Esteban an.
»Obwohl wir uns noch nicht lange kennen, bin ich echt froh, dass du da bist. Ich mag dich.«
Esteban erwiderte ihr Lächeln.
»Ich mag dich auch.«
Seine Worte taten ihr gut, zumindest brachten sie sie dazu, dass

sie die prekäre Situation für einen kurzen Moment vergaß. Der Sekundenzeiger der Wanduhr schritt gnadenlos voran, während sie auf dem Sofa saßen und redeten.
»Was machst du eigentlich beruflich?«, fragte Jessica jetzt.
»Wir haben uns zwar schon etwas unterhalten, aber die wirklich wesentlichen Dinge bisher irgendwie ausgelassen.«
Esteban grinste.
»Ach, ist das denn wirklich so wichtig? Aktuell jobbe ich nur nebenbei im Walmart. Das ist für mich jedoch nichts auf Dauer. Und du?«
»Ich arbeite in einer Kanzlei als Rechtsanwaltshilfe.«
»Klingt definitiv interessanter.«
»Die Arbeit ist in Wirklichkeit recht eintönig.«
»An der Kasse zu sitzen ist da kaum besser. Ich kann dieses Piepen mittlerweile echt nicht mehr ertragen, und wenn ich dann noch an die teilweise unfreundlichen Kunden denke, die ich jeden Tag sehen muss... ich habe es echt satt.«
»Kann ich mir bei deiner Aura gar nicht vorstellen. Deine Stimmung ist doch so ansteckend.«
Esteban hob eine Augenbraue und sah sie an.
»Wie meinst du das?«
»Du hast eine sympathische Ausstrahlung. Das wollte ich damit sagen.«
»Danke.«
Er lächelte.
»Kann ich nur zurückgeben.«
Jessica wusste nicht so recht, was sie darauf erwidern sollte, weshalb sie einfach gar nichts sagte. Sie fühlte sich geschmeichelt, fand die Situation aber auch etwas unangenehm. Esteban schien allerdings nichts von ihrer Unsicherheit zu bemerken,

was sie erleichterte. Die Uhr zeigte viertel vor vier an, als Esteban plötzlich sagte:
»Wir haben noch etwas Zeit, bevor wir losmüssen.«
»Was meinst du damit?«
Jessica wusste nicht, worauf er hinauswollte.
»Wir könnten uns doch etwas kochen. Hast du etwas da oder soll ich...?«
Doch Esteban wurde durch das Klingeln von Jessicas Handy unterbrochen. Sie blickte auf das Display. Die Nummer kam ihr bekannt vor, sie konnte sie im ersten Moment allerdings nicht einordnen. Dennoch nahm sie den Anruf entgegen.
»Miller.«
Am anderen Ende der Leitung war zunächst nur ein schweres Atmen zu hören. Es dauerte etwa zehn Sekunden, bis eine Stimme erklang.
»Ms. Miller? Hier ist Officer West.«
»Officer West?«
Sie hatte ehrlich gesagt gar nicht mehr mit einem Anruf von ihm gerechnet. Ihr Herzschlag schoss augenblicklich in die Höhe.
»Ja. Hören Sie... ich habe noch keine Spur von den beiden Vermissten.«
Jessica spürte, wie die Enttäuschung sie überkam.
»Aus welchem Grund rufen Sie mich dann an?«
»Ich bin mit meinem Kollegen noch immer in dem Schwimmbad. Wir haben eine Tür entdeckt, die uns in einen unterirdischen Gang geführt hat. Allerdings haben uns dort Leute aufgelauert, und wir gehen davon aus, dass sie irgendwas mit dem Verschwinden von Ms. Higgins und Mr. Santos zu tun haben.«
Er machte eine kurze Pause, und atmete schwer ein und aus. Jessica wartete geduldig, bis er weitersprach.

»Sie haben mir eine Kugel in den Oberschenkel verpasst, weshalb ich jetzt allein in diesem Gang bin. Mein Kollege ist ihnen gefolgt.«
»Haben Sie schon einen Notarzt gerufen?«
Jessica verstand nicht ganz, warum er gerade sie anrief und ihr das alles erzählte. Sie blickte zu Esteban hinüber, der sie nur fragend ansah.
»Nein, bisher noch nicht. Ich möchte nicht, dass noch mehr unschuldige Menschen sterben... irgendetwas ist merkwürdig hier in diesem Tunnelgang. Es ist fast so, als wäre ich nicht allein.«
»Glauben Sie, die beiden befinden sich noch irgendwo in der Nähe?«
»Ich weiß es nicht.«
Er hustete.
»Kann schon sein. Aber das meinte ich nicht.«
»Was meinen Sie dann?«
»Es riecht nach Tod in diesem Gang. Ich glaube, dass hier etwas ganz, ganz Schreckliches passiert ist.«
Mit diesen Worten legte er auf und beendete das Gespräch. Jessica blickte Esteban geschockt an.
»Du bist ja ganz blass«, meinte er besorgt.
»Ist etwas passiert? Gibt es Neuigkeiten wegen Amy und Nelson?«
»Das leider nicht.«
Jessica schluckte. Sie musste das Telefonat mit Officer West erst mal verarbeiten, was ihr gar nicht so leicht fiel.
»Er hat nur ein paar rätselhafte Bemerkungen gemacht. Aber alles wirkte irgendwie zusammenhanglos.«
»Lass uns etwas essen und dann direkt losfahren. Wenn wir etwas früher als geplant ankommen, ist das doch auch nicht dra-

matisch.«

Jessica überlegte. *Soll ich einen Notarzt rufen?* West hatte am Telefon nicht wirklich so geklungen, als ob er vorgehabt hätte einen anzurufen. *Eine Schusswunde im Oberschenkel. Er könnte verbluten.* Irgendetwas in ihrem Inneren sträubte sich jedoch dagegen. *Wenn es wirklich so schlimm gewesen wäre, dann hätte er schon längst einen Notarzt gerufen.*
»Einverstanden«, murmelte sie.
Sie ging in die Küche und Esteban folgte ihr. Im Kühlschrank fanden sie eine Packung Hähnchenfleisch, Eisbergsalat, eine Dose Mais, eine Gurke und zwei Tomaten. Sie briet das Fleisch während Esteban den Salat zubereitete. Wenig später saßen sie am Tisch und aßen. Sie hatte noch eine angebrochene Flasche Salatdressing im Kühlschrank gefunden, nahm jetzt etwas davon und verteilte es über dem Salat. Sie probierte einen Happen und fand, dass er vorzüglich schmeckte.
»Wirklich gut«, meinte auch Esteban, als er etwa die Hälfte verspeist hatte.
Jessica nickte.
»Mir schmeckt es auch ausgezeichnet.«
Obwohl das wirklich der Fall war, schaffte sie nicht viel. Es war das Unbehagen, das durch den mysteriösen Anruf von Officer West in ihr aufgekommen war – es hinderte sie daran, richtigen Appetit zu haben, und schlug ihr auf den Magen, weshalb sie bloß noch das restliche Fleisch aß und den Salat liegen ließ.
»So habe ich noch etwas für später übrig«, murmelte sie.
»Ich habe momentan nicht wirklich großen Hunger.«
Esteban hatte seinen Teller bereits leer gegessen und schob nun den Stuhl zurück. Sie räumten kurz die Küche auf und verbrachten die restliche Zeit schweigend. Irgendwann war es schließ-

lich soweit - die Zeit war gekommen, sie waren startbereit.
»Wir sollten jetzt los. Komm.«
Sie gingen ins Wohnzimmer, und nahmen die Sachen mit, die sie zuvor auf den Tisch gestellt hatten. Zehn Minuten später saßen sie bereits in Estebans Ford Fiesta und machten sich auf den Weg in Richtung *Arizona Splash*.

17

Officer Ken West beendete das Telefonat mit Jessica Miller und steckte sein Diensttelefon wieder in die Hosentasche. Er war zufrieden mit dem Verlauf des Gespräches. Als ein paar Minuten später immer noch nichts Besonderes passiert war, griff er in seine Brusttasche und förderte eine kleine Tüte zutage. Er grinste, öffnete sie und schob das Kokain auf seinem Handrücken sorgfältig zu einer schmalen Linie zusammen. Einen tiefen Atemzug später hatte das weiße Pulver bereits seinen Kopf erreicht. Es dauerte ein paar Minuten, bis die Wirkung vollständig eintrat. West stand auf, stützte sich an den Wänden ab und wagte sich dann durch den dunklen Gang. Sein Blickfeld verschwamm immer weiter, und er war kaum noch in der Lage, klar zu sehen. Die Dunkelheit vermischte sich auf einmal mit einem roten Licht... er konnte nicht sagen, woher das kam, doch es half ihm zumindest etwas bei der Orientierung. Es dauerte ein paar Sekunden, bis er an der Wand ein paar Graffiti erkannte. Diese sahen aus wie Kreuze und wirkten irgendwie bedrohlich. West machte sich jedoch nichts daraus und passierte den Bereich. Der Boden unter seinen Füßen wurde nun immer staubiger, und schon bald bemerkte er, wie seine Schuhe über feinen Kies schabten. *Wo bin ich hier?* Der Teil seines Verstandes, der ihn noch klar denken ließ, verleitete ihn dazu, weiterzugehen. Plötzlich erklang ein leises, aber beständiges Geräusch. Er konnte nicht sagen, was es war, bekam jedoch unwillkürlich eine Gänsehaut. Er stützte sich mit seinen Händen an der Wand ab, fand jedoch keinen Halt mehr. Sein Bein fühlte sich mit jedem weiteren Meter schlechter an, er dachte jedoch gar nicht daran, eine Pause einzulegen. Er war viel zu neugierig und gespannt, was es mit diesen Geräuschen auf sich hatte. Außerdem vernebelte das Kokain seine Sinne derart, dass er nicht in der Lage war, klar zu denken. Doch sein innerer Antrieb leitete ihn und führte ihn durch das dunkle System aus Gängen.

Das Licht ging nun ganz aus und die Kabine, in der er sich befand, wurde in Dunkelheit getaucht. Reinhart hatte jetzt nur noch das Licht von außerhalb, welches durch die Fenster fiel. Draußen dämmerte es langsam, es würde also nicht mehr lange dauern, bis es komplett dunkel hier drinnen war. Er fragte sich, wie viele Stunden bereits vergangen waren, seit sie im unteren Bereich die Tür entdeckt hatten, die sie in diese unterirdischen Gänge geführt hatte. *Einige Stunden sind seitdem bestimmt schon ins Land gezogen, und wir haben immer noch keine weiteren Hinweise außer diese verdammte, abgehackte Hand.* Reinhart ärgerte sich unglaublich darüber und verspürte eine unfassbare Wut auf die Leute, die seine Kollegen Abraham getötet und West verletzt hatten. *Ich sollte diese Schweine dingfest machen und dann verschwinden.* Er blickte sich in dem schummrigen Licht um und durchsuchte die Versorgungszentrale. In einer Schublade entdeckte er eine Taschenlampe, er schaltete sie sofort an und entschied sich dazu, seinen Weg fortzusetzen. Er war sich nicht mehr so sicher, ob Aaron und Arthur überhaupt noch in der Nähe waren. *Sie werden den Tatort aber wohl kaum einfach so verlassen.* Reinhart glaubte weiterhin fest daran, dass Amy und Nelson, sofern sie noch am Leben waren, irgendwo im Schwimmbad festgehalten wurden. Er nahm die Taschenlampe in die Hand und verließ die Kabine. Der gelbe Lichtkegel prallte von den Wänden ab und leuchtete

ihm den Weg. Nach kurzer Überlegung entschied er sich dazu, zurück zu West zu gehen. Sollte sich die Verfassung seines Kollegen in der Zwischenzeit verschlechtert haben, würde er sofort einen Krankenwagen rufen. Plötzlich spürte er, wie sein Diensthandy in seiner Brusttasche vibrierte. Er kramte es hervor und warf einen Blick auf das Display. *Ken West*, stand dort. Er runzelte die Stirn und nahm den Anruf entgegen.
»Reinhart.«
Nichts. Am anderen Ende der Leitung vernahm er nur ein Stöhnen.
»Charles?«
Wests Stimme klang merkwürdig. Er hatte diese Stimmlage noch nie zuvor bei ihm gehört, dessen war sich Reinhart sicher.
»Ken? Was ist denn los?«
»Ich habe einen Bereich gefunden.«
»Was für einen Bereich?«
»Hier unten. Es erinnert mich an das, was mir von den Geschehnissen in der Lagerhalle erzählt hattest.«
Reinhart spürte, wie sein Körper von einer Gänsehaut überzogen wurde.
»Sie sind wieder zurück und töten alles und jeden.«
Das Gespräch wurde daraufhin abrupt von einem lauten Geräusch unterbrochen.

West schrie auf, noch bevor er das Gespräch beenden konnte. Er hatte die Unebenheit im Boden zu spät bemerkt, verlor den Halt und fiel. Sein Diensthandy knallte auf den steinigen Boden, und als er es aufhob, bemerkte er, dass es hinüber war. Der Bildschirm wies einen großen Riss auf. Frustriert warf er das Gerät erneut auf den Boden und ließ es dann dort liegen. Er putzte sich den Staub von der Hose, stand auf und tastete erneut mit seinen Händen die Wand ab. Sein Oberschenkel schmerzte noch mehr als zuvor, und mit jedem weiteren Meter, den er hinter sich brachte, wurde die Schusswunde noch schlimmer. Außerdem spürte er, wie sich in seinem Kopf eine gähnende Leere breitmachte – der Rausch klang also langsam aber sicher ab und er brauchte dringend Nachschub, wusste aber, dass er nichts mehr dabei hatte. Seine Augen tränten und auch sein Kopf fing an zu schmerzen. *Das ist doch scheiße!* Er überlegte einen Moment lang, umzukehren, entschied sich dann aber dagegen. Die Neugier überwog der Angst, weil er spürte, dass er etwas wirklich Großem auf der Spur war. Er konnte sich noch an seine Gespräche mit Reinhart erinnern, in denen dieser ihm geschildert hatte, was er in der Lagerhalle erlebt hatte. West hatte das alles zur Kenntnis genommen, es jedoch nie wirklich geglaubt. Er zählte sich eher zu den Menschen, die nicht an Geister, Dämonen oder sonstige übernatürliche Dinge glaubten, diese Situation allerdings fühlte sich irgendwie anders an. Vielleicht lag es auch an der Mischung aus stickiger Luft, dem Kokain und seiner Verletzung, doch West spürte, dass hier etwas Besonderes existierte. Ein paar Minuten vergingen, in denen er sich noch tiefer voran wagte. Plötzlich mischte sich ein neues Geräusch in die Szenerie; es klang wie Wasser, welches von der Decke auf den Boden tropfte. Kurz darauf wurde der Boden auch tatsächlich rutschiger, was seine Vermutung bestätigte. Seine Hände streiften an der glatten Wand über etwas Nasses. Er konnte in der Dunkelheit jedoch nichts erkennen. Ein paar Meter weiter wurde die Luft zunehmend schlechter und begann, unangenehm zu riechen. Er kannte diesen Geruch, konnte ihn jedoch zunächst nicht zuordnen. Einige Sekunden später, als sein Verstand und sein Blick klarer geworden und der Rausch endgültig abgeklungen war, fiel es ihm wieder ein. *Blut. Der Gestank nach Verwesung.* Er spürte, wie sich sein Magen umdrehte und ihm übel wurde. Vor seinem inneren Auge sah er jetzt Peter Abraham vor sich, dessen Auge von einem Schraubenzieher durchbohrt worden war. Er sah erneut, wie sich die Gehirnmasse auf dem Boden verteilte, und sein Mörder einfach nur hämisch hinter der Maske grinste – zumindest glaubte er, das gesehen zu haben. *Wir werden euch erwischen!* Er hoffte inständig, dass sein Kollege Reinhart den beiden immer noch auf der Spur war und sie vielleicht sogar schon verhaftet hatte. Er gab sich selbst noch ein paar Minuten, um zu erkunden, was vor ihm lag, obwohl sich eigentlich alles in ihm dagegen sträubte. Der Geruch nach Tod widerte ihn an. *Ist dies das Werk der Männer?* West ging ein paar Schritte weiter und stellte fest, dass der Geruch noch schlimmer geworden war. Allerdings wurde es auch etwas heller in dem unterirdischen Gang. Es reichte fast aus, um sich ohne Schwierigkeiten orientieren zu können. *Wo kommt das Licht denn plötzlich her?*, fragte sich West. Er warf einen Blick auf die Wände und sah, dass sie über und über mit Blut beschmiert waren. Er war von dem Ort gleichermaßen beeindruckt wie angewidert. Gerade, als er seinen Blick wieder nach vorne richten wollte, spürte er, wie sein Fuß auf etwas trat. Er konnte gerade noch verhindern, das Gleichgewicht zu verlieren, und senkte seinen Blick in Richtung Boden. Als ihn ein abgetrennter Kopf mit nur einem Augapfel anblickte, wandte er sich hastig ab und erbrach sich auf die vom Blut verfärbte Steinwand neben sich. Kurz darauf spürte er scharfe Krallen, die sich in seine Wange bohrten und ihn aufschreien ließen.

Reinhart blickte auf das Display und sah, dass die Verbindung zu Officer West abgebrochen war. Er fluchte, wählte die Nummer erneut, kam jetzt jedoch nicht mehr durch. *Verdammt. Was ist passiert?* Er überlegte, was er jetzt tun sollte, und entschied sich dazu, in der Zentrale anzurufen und Verstärkung anzufordern. Es dauerte ein paar Sekunden, bis er die Nummer gefunden hatte. Seine Hände zitterten und sein gesamter Körper stand unter Strom.

»Phoenix Police Departement, White.«

Er hörte die Stimme seiner Kollegin durch das Handy und atmete erleichtert auf.

»Hallo?«

»Ich bin es, Charles. Du weißt doch, dass wir am Schwimmbad sind, um nach den beiden vermissten Personen zu fahnden, oder?«

»Ja. Habt ihr etwas gefunden?«

»Nicht direkt.«

Reinhart entschied sich dagegen, ihr jetzt schon die gesamte Wahrheit zu erzählen. Das würde am Telefon viel zu lange dauern und das letzte, was er jetzt wollte, waren weitere Verzögerungen. Er hoffte, dass sie ihn nicht mit Fragen löchern würde.

»Okay. Weshalb rufst du an?«

»Ich brauche Verstärkung. Miles und Doherty. Schick sie beide zu mir.«

»Das geht leider nicht. Der Waldabschnitt der *Panorama Road* musste wegen eines Unfalls gesperrt werden. Sie befinden sich beide dort.«

Verdammt! Reinhart fluchte innerlich.

»Ich kann aber versuchen, eine andere Dienststelle zu erreichen

und dort Verstärkung aufzutreiben.«
»Nein.«
Reinhart entschied sich dagegen. Das würde viel zu lange dauern und er hatte das Gefühl, nicht mehr viel Zeit zu haben.
»Das passt schon. Ich wäre dir aber trotzdem dankbar, wenn du mir die Durchwahl von Miles oder Doherty geben könntest.«
Seine Kollegin nannte ihm daraufhin am Telefon die Nummer, ehe er sich verabschiedete und das Gespräch beendete. Ohne zu zögern, tippte er die Nummer, die sie ihm genannt hatte, in sein Diensthandy und wartete das Klingeln ab. Als nach zwanzig Sekunden niemand abnahm, schüttelte er frustriert den Kopf und legte wieder auf. Er hatte das Gefühl, dass sich in diesem Moment die gesamte Welt gegen ihn verschworen hatte. Einen Moment lang überlegte er, was er als Nächstes tun könnte. Er entschied sich dazu, den unterirdischen Gang weiter zu erkunden und seinen Kollegen zu suchen. Gerade, als er die Kabine verlassen wollte, hörte er einen lauten Knall und das Bersten von Glas hinter seinem Rücken.

18

Officer Jack Miles stellte den Einsatzwagen am rechten Straßenrand ab und öffnete den Kofferraum. Es hatte nicht allzu lange gedauert, die Warnschilder und Straßensperren einzuladen, doch dass er sie jetzt wieder ausladen musste, gefiel ihm gar nicht.
»Alles klar?«, fragte sein Kollege, Ralph Doherty.
»Alles bestens«, grummelte er, obwohl das bei Weitem nicht stimmte.
Er war genervt vom heutigen Tag und wünschte sich einfach nur, dass dieser ein schnelles Ende finden würde.
»Lass uns die Schilder aufstellen und dann abwarten, was passiert. Ich sehe mir jetzt die Unfallstelle an, und du passt wegen etwaiger Autofahrer auf.«
Doherty nickte.
»Einverstanden.«
Er warf ihm eines der beiden Funkgeräte zu, und Miles fing es auf.
»Falls irgendetwas sein sollte.«
Was soll schon sein, du Trottel? Dennoch nickte Miles und richtete seinen Blick anschließend nach vorne. Sie bauten nun die Schilder und Sperren auf. In der kompletten Zeit war kein Autofahrer zu sehen gewesen, was Miles aber auch nicht wunderte. Wenige Minuten später stand die Absperrung bereit. Die Wege von Miles und Doherty trennten sich nun, Doherty blieb, wie abgesprochen, bei der Absperrung, während Miles sich im Wald umsah. Die letzten Sonnenstrahlen des Tages fielen durch das Blätterdach des Waldes und prallten auf den zerbröckelten

Asphalt. Je weiter er sich voran wagte, desto tiefer wurde der Wald. Schon ein paar Augenblicke später erkannte er in der Ferne ein ausgebranntes Autowrack. Der Zeuge, der ihnen den Unfall am Telefon gemeldet hatte, war bereits wieder verschwunden. Miles hatte sich allerdings die Nummer notiert und würde, bei Bedarf, Rücksprache mit ihm halten. Der Wagen war komplett zerstört. *Der ist um einiges zu schnell gewesen.* Er begutachtete das verbrannte Gras direkt neben der Unfallstelle. Im Inneren des Wracks konnte er jetzt den Fahrer ausmachen – dieser war definitiv nicht mehr zu retten. Miles wandte sich ab und durchsuchte den näheren Umkreis. Zunächst fiel ihm nichts Besonderes auf, bis er plötzlich etwas in der Ferne wahrnahm. Mit großen Schritten ging er tiefer in den Wald hinein und näher an den Baum heran, hinter dem er einen schwarzen Schatten entdeckt hatte. Das Laub raschelte leise unter seinen Füßen, und das Dämmerlicht tat sein Übriges dazu. Die ganze Szenerie fühlte sich irgendwie merkwürdig und beklemmend an, doch Miles ließ sich davon nicht beeindrucken und hatte den Baum schon wenige Sekunden später erreicht. Als er den Stamm umrundete, entdeckte er feine Blutspuren. Von dem dunklen Schatten war jedoch nichts zu sehen, was ihn verwunderte. Er spielte kurz im Kopf seine Möglichkeiten durch, und entschied sich dann dazu, die Suche abzubrechen. *Ich habe mir das bestimmt nur eingebildet.* Er wollte nicht weiter darüber nachdenken und tat deshalb das, was er eventuell gesehen hatte, als unwichtig ab.

Ralph Doherty hörte das Auto bereits aus der Ferne. Als der Fahrer die Straßensperre entdeckte, verlangsamte er automatisch sein Tempo, hielt schließlich ganz an, und kurbelte das

Fenster herunter.

»Guten Abend«, sagte Doherty.

»Die Straße ist leider momentan aufgrund eines Unfalls gesperrt.«

Er warf einen Blick ins Innere des Wagens und nahm neben dem Fahrer eine Frau auf dem Beifahrersitz wahr. Sie hatte einen seltsam abgehetzten Gesichtsausdruck.

»Mist. Könnten Sie uns denn eine alternative Route empfehlen?«

»Etwa fünf Meilen in die Richtung, aus der Sie gekommen sind, und dann rechts. Es ist zwar ein kleiner Umweg, doch Sie befinden sich dann direkt auf Höhe der Panorama Road.«

»Danke.«

Der Fahrer kurbelte die Scheibe wieder hoch, wendete den Wagen und verschwand wieder in die Richtung, aus der er gekommen war.

Jack Miles erreichte wenige Minuten später wieder die Straße. Ihm war in der Zwischenzeit nichts Außergewöhnliches aufgefallen. Auf dem Asphalt entdeckte er teilweise sehr tiefe Schlaglöcher und schüttelte bei dem Anblick innerlich den Kopf. In der Ferne sah er jetzt das Ende des kurzen Waldstücks. Irgendetwas passte hier aber nicht ins Bild. Er wusste zunächst nicht, was es war, bis er ein paar Meter vor sich einen offenen Kanalisationsschacht entdecke. Der Deckel lag zertrümmert direkt neben der Öffnung. Gerade, als er sich herunterbeugte, um das Ganze näher in Augenschein nehmen zu können, hörte er, wie sich sein Funkgerät meldete. Er verdrehte die Augen und zog es aus der Schnalle seines Gürtels hervor.

»Was gibt's?«

Er konnte seine miese Laune nicht unterdrücken und wartete entnervt auf das, was Doherty ihm mitteilen wollte.
»Ein Ford Fiesta hat eben die Straßensperre erreicht. Ich hätte nicht gedacht, dass hier überhaupt jemand vorbeifahren würde.«
Miles schüttelte innerlich den Kopf und versuchte, eine dumme Bemerkung zu unterdrücken. Er dachte kurz darüber nach, dass er eigentlich schon längst Feierabend hatte, und ärgerte sich darüber, dass er noch nicht zuhause bei seiner Frau und seinen Kindern war.
»Halt einfach weiter die Augen offen.«
Mit diesen Worten beendete Miles das Gespräch und schaltete das Funkgerät wieder aus. Er hatte echt keine Lust auf unnötige Konversationen wie diese und fragte sich, ob sein Kollege das wohl jemals begreifen würde. *Wahrscheinlich nicht.* Er legte das Funkgerät neben den offenen Kanalisationsschacht, nahm die Taschenlampe, die er ebenfalls an seinem Gürtel trug, zur Hand, schaltete sie an und leuchtete damit in die schwarze Dunkelheit hinab. Der Lichtkegel prallte von den blauen Steinwänden ab, und schon bald entdeckte er eine Leiter, deren Sprossen in den Stein eingelassen waren und tiefer in den Schacht hineinführten.
»Ist da jemand?«, rief Miles in die Dunkelheit hinab, bekam jedoch keine Antwort.
Wie seltsam. Warum ist dieser Schacht überhaupt offen? Er konnte nicht glauben, dass es sich hier um ein Versehen handelte, denn das letzte, woran er glaubte, waren Zufälle. Er sah sich ein weiteres Mal um und entdeckte dabei dunkle Reifenspuren auf dem Asphalt in Nähe der Öffnung. Plötzlich kam ihm eine Idee. Er suchte mit den Augen erneut den Baum mit dem ausgebrannten Fahrzeug, verfolgte die Spur weiter und erkannte, dass

dies wohl der Unfallhergang gewesen sein musste. Offensichtlich hatte sich der Wagen mehrmals überschlagen, als er mit Höchstgeschwindigkeit über den offenen Kanalisationsschacht gerast war und anschließend einen Baum gerammt hatte. Umso interessanter war es nun für Miles, herauszufinden, was es damit genau auf sich hatte.

Officer Doherty öffnete derweil die Tür des Einsatzwagens und griff in das Seitenfach. Dort hatte er eine Tüte mit zwei Croissants abgelegt, die er sich am Nachmittag in der Bäckerei gekauft hatte. Durch das Papier hindurch spürte er, dass sie bereits weich geworden waren, was ihn jedoch nicht weiter störte. Ihm lief trotzdem das Wasser im Mund zusammen, als er die Tüte öffnete und abbiss. Er hatte seit dem Mittag nichts mehr gegessen, dementsprechend leer fühlte sich sein Magen auch an. Sein eigentlicher Plan war es gewesen, heute Abend noch etwas von dem Festtagsbraten zu essen, den er sich gestern zubereitet hatte. Er wusste allerdings, dass er heute wahrscheinlich nicht pünktlich nach Hause kommen würde, und hatte seinen Plan deshalb spontan geändert. Er schaltete nun das Radio des Streifenwagens an und summte leise die Melodie von Bryan Adams *Summer of 69* mit. Er mochte das Lied sehr gerne, vor allem da es in ihm Erinnerungen an einen besonderen Moment weckte. Als das Lied vorbei war und Bruce Springsteen den Platz im Radio einnahm, ließ er sich tiefer in den Sitz sinken und beobachtete, was er durch die Windschutzscheibe sah. Irgendwann, als die Dämmerung stetig vorangeschritten und der Wald um ihn herum immer düsterer geworden war, schaltete er die Scheinwerfer und die Innenbeleuchtung des Wagens an. Er fragte sich, ob Miles in der Zwischenzeit etwas entdeckt hatte,

und überlegte kurz, ob er per Funkgerät nachfragen sollte. Doch dann entschied er sich dagegen, denn er hatte mitbekommen, wie schlecht sein Kollege drauf war und wollte ihn nicht noch weiter nerven. Er musste innerlich grinsen, als er daran dachte, dass Miles sich immer nur dann so verhielt, wenn er Überstunden schieben musste – so wie es auch jetzt der Fall war. Ihn selbst störte das nicht, denn der Beruf war sein Leben und er war lieber im Einsatzwagen unterwegs, als allein in seiner kleinen Wohnung auf den Fernseher zu starren. Zu etwas anderem konnte er sich in der Regel nämlich nicht motivieren, was ihn selbst ärgerte. Es dauerte noch ein paar Minuten, bis er aus der Ferne ein weiteres Mal Motorengeräusche hörte. Bald darauf tauchten die dazu gehörigen Scheinwerfer auf, und die Lichtkegel schnitten durch die Dunkelheit. Der Wagen kam mit einem konstanten Tempo näher und wurde erst kurz vor der Straßensperre langsamer. Doherty biss ein weiteres Mal von seinem Croissant ab und stopfte das Gebäck dann wieder in die durchgeweichte Papiertüte. Diese legte er auf der Mittelkonsole ab und öffnete die Tür. Der Wagen, ein älterer Pontiac, war mittlerweile noch langsamer geworden und hielt kurz darauf an, als er die Straßensperre erreicht hatte. Die Fensterscheibe wurde heruntergekurbelt und eine ältere Frau mit grauen Haaren kam zum Vorschein.
»Guten Abend«, sagte Doherty und versuchte, sich einen strengen Blick aufzusetzen.
»Der Weg hier ist leider gesperrt.«
»Das sehe ich«, murmelte die Frau.
»Was ist denn passiert?«
»Ein Unfall, ein paar Meter entfernt im Wald.«
»Klingt für mich nicht so schlimm, als dass man dafür die ge-

samte Straße sperren muss.«
»Ist aber so.«
»Hören Sie, ich habe nicht viel Zeit. Bitte lassen Sie mich durch, ich habe heute Abend noch einen wichtigen Termin.«
Officer Doherty grinste. Ihm gefiel die direkte Art der Frau, doch er musste versuchen, ihr klarzumachen, dass der Weg wirklich gesperrt war.
»Sie können hier nicht durch. Ich kann Ihnen aber einen kleinen Umweg erklären. Sie müssen bloß fünf Meilen...«
Doherty verstummte abrupt, als er sah, dass die Frau plötzlich eine Waffe in der Hand hielt. Überrascht nestelte er an seinem Hosenbund herum und wollte ebenfalls nach seiner Waffe greifen, bekam diese jedoch nicht zu fassen. Eine Kugel verfehlte ihn nur knapp. Er duckte sich hastig und sah, dass die Frau die Autotür öffnete und ausstieg. Sie fuchtelte wild mit der Waffe herum, bevor sie ihm die kalte Mündung an die Stirn drückte.
»Deinen Umweg kannst du dir in den Hintern schieben.«
Im nächsten Moment wurde der Abzug betätigt und sein Kopf explodierte.

Miles leuchtete den Schacht weiter aus, entdeckte jedoch nichts Interessantes. Gerade, als er wieder zurück zum Einsatzwagen und seinem Kollegen gehen wollte, rutschte ihm die Taschenlampe aus der Hand. Sie fiel in den Schacht, prallte an der Steinwand ab und landete auf dem Boden. *Verdammt!* Die Lampe hatte den Fall allerdings offenbar gut überstanden, denn der gelbe Lichtkegel warf seinen Strahl an die gegenüberliegende Schachtwand. Miles fluchte leise, entschied sich dann aber dazu, in den Schacht hinabzusteigen und die Lampe zu holen. Denn er würde sie brauchen, da der Abend bereits vorangeschritten war und es immer dunkler um ihn herum wurde. Einen Moment lang betrachtete er die Stufen, die in die Steinwand eingelassen waren. Sie wirkten auf ihn in diesem düsteren Szenario wie knochige Finger, die sich langsam ihren Weg an die Oberfläche bahnten. Er erschauderte, wandte sich ab und versuchte, seinen Kopf freizubekommen. Kurz darauf setzte er seinen linken Fuß auf die erste Sprosse. Diese war ziemlich glitschig, er rutschte weg, konnte sich aber gerade so noch halten. Er atmete mehrmals tief durch und spürte dann, wie sein Herz wild in seiner Brust schlug. Stufe für Stufe bahnte er sich seinen Weg nach unten und schaffte es schließlich, unverletzt auf dem Boden anzukommen. Er spürte, dass er auf einmal knöcheltief in schlammigem Wasser stand und seine Schuhe bereits triefend nass waren. Er bückte sich, griff nach der Taschenlampe und hob sie auf. Plötzlich drang ein dumpfes Geräusch von oben an seine Ohren. *War das ein Schuss?* Der laute Knall hatte sich zumindest genau wie einer angehört, dessen war er sich sicher. Er kletterte hastig die Leiter wieder hoch, rutschte auf der zweiten Stufe allerdings weg und landete hart auf dem Boden. Wenige Sekunden später probierte er es erneut, dieses Mal allerdings vorsichtiger und weniger gehetzt. Weiter entfernt hörte er nun ein näherkommendes Motorengeräusch. Die letzten Stufen versuchte er, sein Tempo zu erhöhen, und kurz darauf hatte er sein Ziel tatsächlich erreicht. Er streckte seinen Kopf aus dem offenen Kanalisationsschacht – und nahm die Scheinwerfer, die auf ihn zu rasten, viel zu spät wahr. Das Letzte, was er mitbekam, war, wie sein Kopf platzte, als der Reifen des heranrasenden Wagens mit vollem Tempo über ihn fuhr.

19

Nelson wachte auf und spürte sofort einen unfassbaren Schmerz in seinem Körper aufflammen. Einem Reflex folgend wollte er seine Arme bewegen, spürte jedoch, wie er auf einen Widerstand stieß. Sein rechtes Handgelenk war mit dicken Eisenketten an einer Stange befestigt worden. Er warf danach einen Blick auf seinen linken Arm und sah, was die Quelle des unfassbaren Schmerzes war, den er spürte. Statt seines Handgelenkes war dort nur noch ein verkrusteter, blutiger Stumpf zu sehen. *Die Wunde ist ausgebrannt worden, um mich vorm Verbluten zu schützen.* Als er die Situation vollkommen realisiert hatte und sein Blick langsam klarer wurde, hörte er ein leises Stöhnen hinter sich.

»Nelson? Bist du das?«

»Amy?«

Nelson erinnerte sich an diese Stimme. Er hatte Amy zwar erst vor Kurzem kennengelernt, wusste jedoch sofort, dass sie es war.

»Ja. Was ist denn bloß passiert?«

»Ich weiß es nicht. Ich kann mich nur noch daran erinnern, dass wir uns an der Bar kennengelernt haben.«

»Das weiß ich auch noch.«

Amy war ebenfalls mit Ketten an eine Eisenstange gefesselt. Sie bewegte sich nun etwas, und versuchte, sich irgendwie zu befreien, doch außer dem lauten Klirren der Ketten passierte gar nichts.

»Wo sind wir hier?«

Das, was Amy jetzt aussprach, hatte Nelson sich in den letzten

Sekunden schon mehrmals gefragt. Er blickte sich um, und musterte den Raum. Dieser war ziemlich klein, und an den Wänden verliefen Rohre, durch die das beständige Fließen von Wasser zu hören war.

»Wir befinden uns zumindest noch in der Nähe des Schwimmbades.«

Der Schmerz vernebelte seine Sinne, und Nelson versuchte, dagegen anzukämpfen, scheiterte jedoch kläglich. Er lehnte sich erschöpft an die Eisenstange und spürte, wie sich das kalte Metall in seinen Rücken bohrte. Er atmete mehrmals stöhnend tief ein und aus.

»Ist alles okay bei dir?«

»Die Mistkerle haben mir eine Hand abgeschlagen«, erwiderte er gequält.

Amy drehte sich um, entdeckte den blutigen Stumpf und schrie erschrocken auf.

»Verdammt! Hast du große Schmerzen?«

»Es geht.«

Oder auch nicht, dachte er, als eine weitere Welle des Schmerzes durch seinen Körper raste. Er wollte es sich jedoch nicht anmerken lassen und biss daher auf die Zähne. Er begann, zu schwitzen, und lehnte sich erneut zurück. Der Raum wurde nur von einer einzigen Glühlampe beleuchtet, die von einem herabhängenden Kabel an der Decke gehalten wurde. Auf dem Steinboden lagen ein paar Glasscherben, direkt daneben schwamm eine dunkle Flüssigkeit. Er hatte das Gefühl, dass es in diesem Raum immer stickiger und wärmer wurde. Er überlegte, was er tun könnte, um zuerst sich und danach Amy zu befreien. Er lehnte sich nach vorn, stemmte sich gegen die Ketten und versuchte, sich zu befreien. Der Schmerz machte ihn zwar wahn-

sinnig, doch er schaffte es schließlich, sich etwas mehr Freiraum zu erkämpfen. Die Glieder der Eisenkette rutschten an der Stange entlang, und nach einem weiteren Versuch hatte er es tatsächlich geschafft, die Kette von der Stange zu lösen. Nun stand er jedoch vor der schwersten Aufgabe, denn er musste seinen gefesselten Arm irgendwie befreien. Als er das nicht schaffte, umrundete er die Eisenstange kurzerhand und ging hinüber zu Amy.
»Hilf mir bitte. Danach binde ich dich ebenfalls los.«
»Du hast es tatsächlich geschafft!«
In Amys Augen flammte Hoffnung auf. Nelson empfand jedoch keine, denn all sein Denken wurde vom Schmerzen überstrahlt. Amy half ihm jetzt dabei, die Ketten freizulegen, danach versuchte Nelson, sie zu befreien, was jedoch ebenfalls ein schweres Unterfangen war. Es dauerte, bis er es geschafft hatte. Er wischte sich anschließend den Schweiß von der Stirn und lehnte sich an die kalte Wand.
»Komm, wir sollten schnell versuchen, einen Weg hier raus zu finden.«
Direkt gegenüber entdeckte er eine Stahltür. Nelson öffnete sie und spürte einen kalten Luftzug, der seinen Schweiß augenblicklich trocknete. Amy folgte ihm daraufhin in den dunklen Gang hinter der Tür. Als diese ins Schloss fiel, zuckte Nelson automatisch zusammen. Es war ein ohrenbetäubend lautes Geräusch in der dunklen Stille des Ganges. Nelson verließ sich nun ausschließlich auf seinen Instinkt, der ihn jetzt durch die Gänge leitete. Er hörte Amys schweren Atem in seinem Nacken und war froh, nicht allein zu sein. Auch, wenn sie ihm kräftemäßig wahrscheinlich keine große Hilfe sein konnte, spendete sie ihm immerhin ein Gefühl von Sicherheit.

»Ich hasse diese Stille«, murmelte Amy.
»Ich auch«, stimmte ihr Nelson zu.
Er wollte gern noch etwas sagen, wusste jedoch nicht, was. Plötzlich war ein Geräusch in der Stille zu vernehmen. Es klang wie Wasser, das in unregelmäßigen Abständen auf den Boden tropfte. Dazu kam ein wenig später noch ein extrem unangenehmer Geruch, den Nelson zunächst nicht identifizieren konnte. Er stützte sich mit seiner rechten Hand an der Wand ab und spürte plötzlich, dass er über eine warme Flüssigkeit strich. Jetzt wusste er auch, woher der Geruch kam und wie er diesen einordnen konnte. Er musste unwillkürlich würgen. *Das war Blut! Die Wände... alles hier ist voller Blut.* Das monotone Geräusch seiner Schuhe, die durch die Blutpfützen auf dem Boden stapften, war das einzige weit und breit.
»Was ist das?«, fragte Amy.
»Blut.«
Nelson wusste, dass es keinen Sinn hatte, um den heißen Brei herum zu reden. Er wollte Amy allerdings auch keine Angst einjagen, weshalb er schnell weitersprach.
»Ist schon alles ziemlich verrückt hier. Irgendwie absurd. Ich meine, Blut, das an den Wänden herunterläuft? Das kennt man doch sonst nur aus irgendwelchen billigen Horrorfilmen.«
Doch Amy sprang nicht auf seine Bemerkung an. Nelson fluchte innerlich. *Ich hätte sie nicht verunsichern dürfen.*
»Entschuldige, ich wollte dir keine Angst einjagen.«
»Schon gut«, meinte Amy.
»Ich sollte vielleicht etwas positiver denken. Ich meine, immerhin habe ich wenigstens noch meine beiden Hände.«
Nelson konnte nicht anders, als zu grinsen. Ihr Humor überlagerte in diesem Moment den Schmerz, den er verspürte. *Wenn*

wir beide das hier überstanden haben, müssen wir uns unbedingt besser kennenlernen.
»Vielen Dank auch. Wenn es nach mir ginge, wären bei mir auch noch beide dran«, witzelte er.
»Ich wollte dich nicht kränken«, meinte Amy hastig.
»Keine Sorge, das habe ich auch nicht so interpretiert.«
Schweigen breitete sich nun wieder zwischen den beiden aus. Schon bald wurde es etwas heller in dem dunklen Gang und es kam eine Stelle, die sie ein paar Treppenstufen hinaufführte. Auch hier verliefen wieder Rohre an der Wand, durch die das bekannte Fließgeräusch zu hören war, was Nelson etwas beruhigte. Oben angekommen erreichte er eine dicke Stahltür, öffnete diese und musste spontan blinzeln, weil sich seine Augen nur langsam an die Helle des hereinfallenden Lichts gewöhnen konnten. Er sah sich um und erkannte, dass sie sich wieder im oberen Teil des Schwimmbades befanden. Die Leuchtstoffröhren an der Decke strahlten grell und beleuchteten den angrenzenden Bereich. Nelson wagte sich ein paar Schritte vor und hatte bald darauf die Umkleidekabinen erreicht.
»Komm, wir müssen hier schnell raus.«
»Glaubst du, dass das so einfach ist?«
Der Abschnitt, in dem sie sich befanden, war unheimlich groß. Ein paar Gänge später endeten die Kabinen allerdings und Nelson erkannte in der Ferne den Kassenbereich. Plötzlich hörte er in seinem Rücken eine Tür aufgehen, und wenig später folgte ein Schrei von Amy. Nelson drehte sich blitzschnell um und sah einen Mann mit einer grässlichen Maske, der Amy ein Messer an die Kehle hielt.
»Keinen Schritt weiter.«
Durch die Maske hindurch klang die Stimme seltsam verzerrt.

Nelson spürte, wie sich seine Glieder auf einmal wie gelähmt anfühlten. Jegliche Euphorie, die er in den letzten Sekunden verspürt hatte, war wie weggeblasen. Erneut flammte ein unerträglicher Schmerz in seinem linken Arm auf. Der Griff um Amys Hals wurde enger, und die Klinge befand sich bereits bedrohlich nah an ihrer Kehle.
»Was willst du von mir?«
»Komm mit.«
Nelson runzelte die Stirn.
»Stell keine Fragen, komm einfach mit.«
Nelson machte Anstalten, ihm zu folgen, woraufhin der Mann mit der Maske seinen Griff lockerte und Amy schließlich freiließ. Sie blieb noch ein paar Sekunden wie angewurzelt stehen und folgte den beiden schließlich mit ein paar Metern Abstand. Nelson wog währenddessen innerlich seine Chancen ab, wusste jedoch, dass diese schwindend gering waren. Denn sollte er die Flucht ergreifen, würde der Mann garantiert zuerst Amy und dann ihn auf brutalste Art und Weise abschlachten. Einen Angriff konnte er auch nicht wagen, da seine Chancen durch die fehlende Hand nicht wirklich gut standen. Gedemütigt passierte er eine Glastür und folgte dem Mann wie ein Opferlamm auf dem Weg zur Schlachtbank durch den inneren Bereich des Schwimmbades. Das Wasser wirkte auf Nelson in diesem Moment unfassbar bedrohlich. Das Licht der Leuchtstoffröhren spiegelte sich in den Becken wider und trug noch seinen Teil dazu bei. Eine weitere Tür führte in den Außenbereich. Kurz darauf spürte er, wie die kühle Nachtluft den Schweißfilm auf seiner Stirn trocknete. Er blickte in Richtung des sternenbedeckten Himmels und atmete tief durch. Plötzlich fiel ihm etwas auf dem Boden auf. An einer Stelle entdeckte er eine herausge-

brochene, spitze Fliese, die nur noch locker zwischen den anderen lag. Nelson versuchte, sich schnell und unauffällig zu bücken. Er schaffte es tatsächlich, die abgebrochene Fliese aufzuheben, ohne, dass der Mann etwas davon mitbekam. Nelson spürte, wie sein Herz zu rasen begann. Ohne nachzudenken, nahm er seinen gesamten Mut zusammen und stürzte sich von hinten auf den Mann. Da dieser von dem Angriff komplett überrascht war, schaffte er es nicht, sich zu verteidigen. Sein Kopf schlug auf den Beckenrand auf, und er stöhnte leise auf.
»Hilf mir bitte!«, rief Nelson Amy zu.
Währenddessen versuchte er gleichzeitig, mit einer Hand seinen Gegner am Boden zu halten und mit der Fliese auf ihn einzustechen. Die nächste Attacke kam allerdings vollkommen unerwartet. Eine Faust schoss hervor und traf Nelson genau an der Stelle, an der seine Hand abgetrennt worden war. In seinem Inneren flammte ein so unfassbarer Schmerz auf, dass er fast das Bewusstsein verlor. Amy war zu ihm geeilt und versuchte, den Mann mit der Maske in Schach zu halten. Nelson mobilisierte all seine verbleibenden Kräfte und schaffte es schließlich, gegen den Schmerz anzukämpfen. Er erhob sich vom Boden und warf sich mit einem Sprung auf den Mann. Die Fliese hielt er weiterhin fest mit seiner anderen Hand umklammert. Er spürte, wie er zu bluten begann, als die scharfen Ränder in seine Handfläche schnitten.
»Zieh ihm die Maske herunter!«
Amy zögerte kurz, folgte dann aber seinen Worten und zog daran. Die Faust des Mannes schoss erneut hervor und traf sie mitten im Gesicht, was sie augenblicklich zu Boden schickte. Nelson spürte, wie seine Wut plötzlich den Schmerz besiegte, und holte seinerseits mit der Faust aus. Die Nase seines Angrei-

fers brach, als er ihn ebenfalls im Gesicht traf. Blut strömte unter der Maske hervor, und Nelson hatte daraufhin ein relativ leichtes Spiel. Er legte die Scherbe ab und versuchte, mit seiner rechten Hand die Maske hochzuziehen. Als er das geschafft hatte, spürte er, wie etwas von dem Blut des Mannes auf seine Hand tropfte. Angeekelt warf er die Maske in das Becken neben sich und nahm die abgebrochene Fliese in die Hand. Er rechnete mit keiner Gegenwehr mehr, doch da schoss die Faust des Mannes erneut hervor und verfehlte ihn nur um Haaresbreite. Auf dem blutüberströmten Gesicht zeichnete sich infolgedessen sogar ein Lächeln ab.

»Ihr werdet so oder so sterben.«

Der Kopf des Mannes hing jetzt über dem Wasser. Nelson überlegte nicht lange, sondern atmete tief durch und bohrte die Fliese mit voller Kraft in die Kehle des Kerls. Die Halsschlagader riss unter seiner Hand auf, Blut sprudelte in sein Gesicht und floss in Strömen in das Wasser des kleinen Beckens. Als er sich sicher war, dass der Mann definitiv tot war, drehte er sich zu Amy um.

»Ist alles okay?«

»Er hat mich zum Glück nur an der Stirn getroffen. Alles gut.«

Amy begutachtete seine Hand.

»Hast du dich verletzt?«

»Die Fliese, die ich auf dem Boden gefunden habe, war ziemlich scharf, aber es tut gar nicht so sehr weh.«

In diesem Moment, in dem das Adrenalin nun etwas abgeebbt war, spürte er allerdings wieder den Schmerz an seinem Handstumpf. Sein Gegner hatte offenbar davon gewusst. *Was, wenn er derjenige gewesen ist, der mir das angetan hat?* Nelson fühlte sich immer besser wegen dem, was er gerade getan hatte. Es machte ihn stark und motivierte ihn. Er warf einen letzten Blick auf das mit Blut gefüllte Becken und die Maske, die auf der Oberfläche schwamm.

»Warte mal eben.«

Nelson ging ein paar Schritte zurück und fischte die Maske aus dem Wasser, dann spülte er sie ab und betrachtete sie im Licht der Laternen. An der Vorderseite waren vier kleine Schlitze für Augen, Nase und Mund zu sehen. Er warf einen Blick zurück auf den leblosen Körper des Mannes, den er gerade getötet hatte. Auf dessen Arm erkannte Nelson eine Tätowierung. *Angus* stand dort in Großbuchstaben geschrieben. *Ist wahrscheinlich sein Name gewesen.*

»Wir müssen hier weg.«

Amys Stimme holte Nelson wieder in die Realität zurück. Sein Blick war in den letzten Sekunden verschwommen. Er versuchte, zu blinzeln, bis er wieder klar sehen konnte und betrachtete Amy.

»Du hast recht. Komm mit.«

Sie suchten daraufhin den Außenbereich des Schwimmbades ab, fanden jedoch keinen Weg nach draußen. Ein hoher, unter Strom gesetzter Maschendrahtzaun umgab das Gelände von allen Seiten, augenscheinlich noch ein Überbleibsel der Baustelle.

»Wir müssen es im Innenbereich wieder versuchen.«

Resigniert drehte Nelson sich um und schlug einen neuen Weg ein. Die kühle Luft erzeugte bei ihm eine Gänsehaut und er war froh, als sie sich wieder im Inneren befanden. Warme Luft kam aus einem Lüftungsschacht in der Wand neben ihm. Allerdings strömte mit dieser Luft auch der Geruch heraus, den er schon aus dem unterirdischen Gang kannte. Es roch nach Blut, Tod und Verwesung.

»Lass uns lieber von hier verschwinden. Dieser Schacht bereitet mir enormes Unbehagen.«

Das war noch nicht einmal gelogen, es war wirklich so. Während des weiteren Weges wurde die Luft wieder angenehmer, fühlte sich aber trotzdem weiterhin irgendwie verbraucht an. Sie mussten nun ein paar Stufen steigen, ehe sie durch eine Glastür wieder ins Innere gelangten. Nelson sah in seinem Augenwinkel die Lücke im Boden, in der zuvor die Fliese gelegen hatte. Bei diesem Anblick wurde er unweigerlich wieder daran erinnert, wie der dem Mann namens Angus die Kehle aufgeschlitzt hatte. *Der ist in diesem Becken ausgeblutet wie ein Schwein.* Doch Nelson verspürte nicht den geringsten Ansatz von Schuldgefühlen, denn er war sich sicher, dass er vermutlich längst tot wäre, wenn er den Mann nicht selbst getötet hätte. Außerdem hatte er sich in dem Moment nicht zu einhundert Prozent unter Kontrolle gehabt und war von Schmerz und Wut überwältigt gewesen. Doch auch jetzt, ein paar Minuten später, fühlte es sich immer noch wie das Richtige an.

»Wo wollen wir denn überhaupt hin?«, fragte Amy.

»Wir müssen versuchen, durch die Vordertür hier raus zu kommen. Es ist die einzige Möglichkeit, die wir haben.«

Sie passierten den Bereich mit den Rutschen. Gerade, als sie sich so weit hervorgewagt hatten, dass der Ausgang in greifbarer Nähe lag, vernahm Nelson ein Geräusch in seinem Rücken. Es klang wie das Laden einer Waffe.

»Fallen lassen«, ertönte eine Stimme hinter ihm.

Es folgte ein schweres Atmen, das durch die Maske, die der Mann trug, drang. Nelson drehte sich langsam um und ließ die scharfe Fliese fallen. Sie zerbrach auf dem Boden sofort in viele kleine Teile. *Verdammt, ich habe meine einzige Waffe verloren.*

Nelson ärgerte sich und blickte dem Mann, der nun vor ihm stand, wütend ins Gesicht. Auch dieser hatte eine grässliche Maske übergezogen, und Nelson meinte, dahinter ein böses Grinsen erkennen zu können. Seine Wut wurde daraufhin noch weiter entfacht.
»Mitkommen.«
Der Mann sprach weiterhin nur in kurzen, abgehackten Sätzen. Als Nelson nicht sofort reagierte, zielte der Mann mit der Waffe in Amys Richtung und feuerte ohne Vorwarnung einen Schuss ab. Dieser schlug direkt hinter ihr in der Wand ein. Tausend Gedanken rasten Nelson durch den Kopf, weil er nicht wusste, was er als Nächstes tun sollte. Nur bei einer Sache war er sich sicher, nämlich, dass der Mann sie beide, ohne zu zögern, erschießen würde, wenn er dessen Anweisungen nicht Folge leisten würde.
»Wohin?«
Der Mann antwortete nicht, sondern zeigte bloß stumm auf eine Wendeltreppe, die zu einer Rutsche führte. Nelson war zwar verwundert, ging aber voraus, und Amy folgte ihm. Der Mann bildete das Schlusslicht. Als sie oben angekommen waren, warf Nelson einen Blick in die dunkle Röhre der Rutsche. Er konnte nur erkennen, dass sich im Inneren kein Wasser befand – zu mehr reichte das schwache Licht, welches die Leuchtstoffröhren an der Decke spendeten, nicht aus.
»Was sollen wir denn nun machen?«
Es dauerte etwas, bis der Mann antwortete. Seine Worte klangen seltsam verzerrt und Nelson hatte Schwierigkeiten, sie zu verstehen.
»Ich habe durch die Kameras gesehen, dass du Angus getötet hast.«
Nelson spürte plötzlich, wie er von einer unfassbaren Kälte

übermannt wurde. *Okay, das war es dann.* Seine Hoffnung sank von einer Sekunde zur Nächsten komplett in den Keller. Er brachte kein Wort hervor und wartete nur darauf, was der Mann mit der Maske als nächstes sagen würde.
»Das ist eine absolut unverzeihliche Tat.«
»Was ist eine unverzeihliche Tat?«
Nelson drehte sich langsam um. Die Wut, die er schon die ganze Zeit über verspürte, hatte ihn zu diesen Worten verleitet. Außerdem war der Schmerz wieder zurückgekehrt und ließ seinen Blick erneut verschwimmen.
»Ihr habt uns gefangen genommen und mir meine gottverdammte Hand abgetrennt, und du erzählst mir etwas von unverzeihlichen Dingen?«
»Vorsicht.«
Nelson hörte, wie die Handfeuerwaffe geladen wurde, und sah, wie der Mann die Mündung auf ihn richtete, aber noch zögerte.
»Ich kann dir einen schnellen und schmerzlosen oder einen langsamen und qualvollen Tod anbieten. Welchen wählst du?«
Nelson wusste, dass er die Chance, die er nun hatte, nutzen musste. Sein Kopf schoss nach vorne und er verpasste dem Mann einen Stoß. Sein Gegenüber taumelte kurz, konnte sein Gleichgewicht jedoch halten.
»Lauf!«, brüllte er Amy zu.
Amy zögerte nicht lange und ergriff sofort die Flucht. Währenddessen wich Nelson einer weiteren Attacke aus und duckte sich, sodass der Mann lediglich in die Luft schlug. Er war mit seiner fehlenden Hand zwar klar im Nachteil, wollte sich jedoch nicht so einfach geschlagen geben. Der Mann wusste offenbar genau, was er tat, denn er verpasste Nelson nun einen Faustschlag auf den Stumpf seiner Hand. Dieser schickte ihn augenblicklich zu

Boden und er spürte, wie der Schmerz ihn in die Bewusstlosigkeit trieb. Er kämpfte zwar dagegen an, schaffte es jedoch nicht mehr, aufzustehen. Er fühlte sich plötzlich wie gelähmt und konnte deshalb gegen das, was als Nächstes geschah, nichts mehr unternehmen. Der Mann kramte einen Löffel aus seiner Hosentasche hervor und rammte diesen mit aller Gewalt in Nelsons Augenhöhle. Blut floss über sein Gesicht und er spürte, wie sein Augapfel brutal aus der Höhle gerissen wurde. *Er hat sich also für den qualvollen Tod für mich entschieden.* Im nächsten Augenblick verlor Nelson das Bewusstsein. Die letzten beiden Dinge, die er sah, waren zum einen sein Augapfel, der die Rutsche hinunter kullerte und in der Dunkelheit verschwand, und zum anderen die scharfe Bügelsäge, die an seinem Hals angesetzt wurde.

20

Amy rannte und versuchte, nicht über ihre eigenen Füße zu stolpern. Sie schaffte es schließlich, unverletzt am Fuß der Treppe anzukommen, und atmete mehrmals tief durch. Sie wusste, dass sie nicht mehr viel Zeit hatte, um sich zu überlegen, welchen Weg sie als Nächstes einschlagen sollte. Sie hörte zwar noch keine Schritte hinter sich, wusste aber genau, dass sich dies jeden Moment ändern können würde. Nelsons Schreie verstummten irgendwann, und was folgte, war um einiges schlimmer. Stille. Sie schnitt so tief wie ein Messer in ihr Inneres und machte sich dort über ihre Eingeweide her. Ihr Magen verkrampfte sich, doch sie hatte keine Zeit, sich dem Gefühl vollständig hinzugeben. Erst als sie genug Abstand zwischen sich und den Bereich mit den Rutschen gebracht hatte, atmete sie tief durch. Ihr Herz hämmerte in ihrer Brust und schien förmlich herausspringen zu wollen. Sie setzte sich auf den Beckenrand und verharrte ein paar Sekunden. Doch plötzlich sah sie einen Schatten. Der Mann, der sie und Nelson verfolgt hatte, erschien oben auf der Rutsche und sah sie durch seine Maske hindurch an. Er bückte sich langsam, fast wie in Zeitlupe. Amy wollte wegrennen, doch alles in ihr sträubte sich dagegen. Sie konnte sich einfach nicht vom Fleck rühren und starrte den Mann gebannt an. Als er sich erhob und sie erkannte, dass er Nelsons Kopf in der Hand hielt, sah sie keine andere Möglichkeit mehr, als zu fliehen. Sie rannte wie von Sinnen und dachte dabei an nichts anderes mehr als an die Flucht von diesem grausamen Ort. Hinter sich hörte sie jetzt, wie etwas im Wasser aufschlug. Als sie danach vernahm, wie der Mann die Treppenstufen hinunterlief, wurde ihr klar, dass er den abgetrennten Kopf von Nelson ins Wasser geworfen haben musste. Schon bald hatte sie den Bereich mit den Umkleidekabinen erreicht. Sie wusste, dass sie hier leicht entdeckt werden konnte, weshalb sie sich dazu entschied, weiter zu laufen. Die Saunas kamen jetzt immer näher und ihr wurde bewusste, dass dies ein guter Ort wäre, um sich zu verstecken. Sie vergewisserte sich mehrmals, ob sie verfolgt wurde und als sie erkannte, dass das nicht der Fall war, öffnete sie die dünne Glastür und betrat den Saunabereich. Die Luft war hier noch schwüler als in der Halle, in der sie sich zuvor befunden hatte. Die Dielen knarzten unter ihren Füßen, und sie versuchte, ihr Tempo so anzupassen, dass sie sich möglichst leise fortbewegen konnte. Das leise Sirren, das aus dem Lüftungsschacht kam, war das einzige Geräusch in diesem Bereich des Schwimmbades. Ansonsten war es komplett still, weshalb jeder einzelne Schritt, den Amy tat, in ihren Ohren wie ein Erdbeben klang. Doch offenbar wurde sie weiterhin nicht verfolgt – weshalb sie sich jetzt erst einmal in Ruhe umsah. Zu ihrer rechten und linken lagen je vier Saunakabinen. Sie öffnete die erste Glastür und sah sich im Inneren genauer um. Das Licht brannte, und die Wärme, die sie umfing, brachte sie sofort zum Schwitzen. Der Aufguss roch angenehm nach Nadelhölzern, und für kurzen einen Moment fühlte es sich für Amy so an, als würde sie durch einen unfassbar heißen Wald wandern. Sie verließ die Kabine schnell wieder und atmete tief durch, als die Luft wieder eine normale Temperatur besaß. Der Schweiß lief ihr nun in Bächen über den Körper, doch sie versuchte, sich nicht daran zu stören. Als sie ihren Blick wieder nach vorne richtete, sah sie, dass die letzte Kabine sperrangelweit offenstand. Sie spürte sofort, wie ein mulmiges Gefühl ihren Körper durchströmte, und wagte sich nur ganz langsam ein paar Schritte nach vorne. Aus der geöffneten Kabine strömte erneut warme Luft und der bekannte Geruch des Aufgusses. Amy spähte vorsichtig um den Rahmen herum und entdeckte direkt neben der Saunabank eine Tür. Diese war aus demselben Holz wie die Kabine gefertigt und hob sich deshalb nicht wirklich von der Einrichtung ab. Als Amy sie näher betrachtete, entdeckte sie einige feine Kratzer im Holz. Der Griff fühlte sich warm an, und als sie ihn herunterdrückte, spürte sie, wie er langsam nachgab. Der Raum, der vor ihr lag, war dunkel, doch das hereinfallende Licht aus der Saunakabine reichte aus, um ihn zumindest etwas zu erleuchten. Graue Steintreppen führten in die Dunkelheit hinab. Amy schätzte, dass sie in dem Gang mündeten, aus dem sie zuvor mit Nelson geflohen war. *Nelson, der jetzt tot ist. Brutal ermordet von den Leuten, die uns überhaupt erst in diese Situation gebracht haben.* Als sie einen Moment lang innehielt, sah sie vor ihrem inneren Auge wieder den abgetrennten Kopf vor sich. Sie hatte nicht genau hingesehen, doch es hatte ausgereicht, um genug zu erkennen... der geöffnete Mund... das fehlende Auge... all das hatte Amy wahrgenommen, obwohl sie nur den Bruchteil einer Sekunde hingesehen hatte, und sie wusste, dass sie diesen Anblick wahrscheinlich nie wieder vergessen können würde. Einen Moment später machte sie einen ersten Schritt nach vorne, spürte dann aber, wie sie wegrutschte. Sie verlor das Gleichgewicht, fiel auf den Rücken und ein unfassbarer Schmerz flammte in ihr auf. Ein paar Sekunden lang fühlte sie sich nicht in der Lage, sich auch nur einen Millimeter zu bewegen, und merkte, wie Panik in ihr hochstieg. Sie versuchte es ein weiteres Mal, stützte sich vorsichtig auf dem Boden ab und fasste dabei in etwas Nasses. Als sie es geschafft hatte, aufzustehen, versuchte sie, in dem schwachen Licht zu erkennen, was hier genau vor sich ging. Eine Blutspur zog sich über die einzelnen Stufen. Amy musste unwillkürlich würgen, als ihr langsam der charakteristische Geruch in die Nase stieg. Trotzdem wollte sie sich weiter nach vorne wagen, da sie das Gefühl hatte, hier zumindest vor ihren Entführern in Sicherheit zu sein. Die Stufen schienen kein Ende zu nehmen, und je weiter sie hinabstieg, desto schwächer wurde das Licht, das aus der Saunakabine drang. Bald reichte es nicht mehr aus, um ihr den Weg zu weisen, weshalb sie sich an den Wänden entlangtasten musste. Auch diese waren über und über mit Blut beschmiert, was sie jetzt allerdings nicht mehr kümmerte. Es ging ihr nur noch darum, ihre eigene Haut zu retten. Wenig später hatte sie endlich den Boden erreicht und spürte, dass dieser nicht mehr so rutschig war wie zuvor die Stufen. Somit fiel es ihr auch leichter, in der Dunkelheit zurechtzukommen. Sie nahm ihre Hände von den Wänden und wischte sich das Blut an ihrer Hose ab. Ihr innerer Antrieb leitete sie weiter, und so beschloss sie, dem Gang zu folgen. Ein paar Meter später entdeckte sie schließlich einen schmalen Lichtstreifen, der unter einer dicken Stahltür hindurchfiel. Amy überlegte kurz, ob sie der Spur folgen sollte, und entschied sich schließlich dafür. *Vielleicht ist das ja der Weg in die Freiheit.* Sie spürte, wie eine Gänsehaut ihren gesamten Körper überzog. Außerdem gesellte sich ein Funken Hoffnung hinzu. Sie atmete einmal tief durch und öffnete dann die Tür. Doch das, was sie daraufhin sah, ließ ihr unweigerlich das Blut in den Adern gefrieren.

21

Die Scheibe zerbarst, als die Kugel in das Glas einschlug. Reinhart wirbelte herum und entdeckte am anderen Ende des Eingangsbereiches einen Mann mit einer Maske. *Verdammt, er hat mich gefunden!* Reaktionsschnell griff er nach seiner eigenen Waffe, und feuerte eine Kugel in dessen Richtung ab. Reinhart hatte zwar kaum Zeit zum Zielen gehabt, hatte jedoch genau das getroffen, was er hatte treffen wollen. Der unbekannte Mann zog daraufhin erschrocken seine Hand zurück, ließ die Schusswaffe zu Boden fallen, und schrie vor Schmerz auf. Reinhart nutzte diesen Moment, um sich ein paar Schritte nach vorne zu wagen, und hatte seinen Angreifer daraufhin fast erreicht. Als er sich herunterbeugte, schoss plötzlich eine Faust hervor, die ihn nur um Haaresbreite verfehlte. Reinhart schlug seinerseits ebenfalls zu, und der Mann schrie erneut auf.
»Du hast dich hier mit dem Falschen angelegt«, knurrte Reinhart.
Der Mann sagte irgendetwas Unverständliches, denn durch die Maske hindurch klangen seine Worte verzerrt und dumpf.
»Was?«
Reinhart streifte die Maske ab und warf sie achtlos beiseite. Er blickte nun in ein von schwarzen Haaren umrandetes, hasserfülltes Gesicht. An der Stirn war eine klaffende Platzwunde zu sehen, aus der Blut floss.
»Was geht hier vor sich?«
Reinhart nutzte die Gelegenheit, um seinen Angreifer auszufragen.
»Die Vermissten, Amy Higgins und Nelson Santos... was ist mit

ihnen passiert?«

Der Mann gab einfach nicht auf und versuchte, sich unter Reinharts festem Griff herauszuwinden. Es gelang ihm auch schon nach wenigen Sekunden. Reinhart spürte, wie er mehr und mehr die Kontrolle verlor und danach zu Boden gedrückt wurde. Der Mann holte aus und verpasste ihm mit seiner unverletzten Hand einen Faustschlag mitten ins Gesicht. Reinhart kämpfte gegen den aufflammenden Schmerz an, spürte jedoch, wie seine Sinne schwanden. Es dauerte nur wenige Sekunden, bis der Mann ihm plötzlich ein Küchenmesser an die Kehle hielt.

»Nelson Santos ist tot, und du wirst gleich auf die gleiche, grausame Art und Weise sterben.«

Reinhart schaffte es, seinen Fuß freizubekommen, und verpasste seinem Gegner einen Tritt in den Magen. Er nutzte den Freiraum, den er sich geschaffen hatte, und startete kurz darauf eine weitere Attacke. Das Messer des Angreifers fiel auf den Boden und rutschte in unerreichbare Ferne. In dem Wissen, dass ihm seine Unachtsamkeit vorhin beinahe das Leben gekostet hatte, drehte Reinhart den Mann nun auf den Rücken und wendete den Polizeigriff an. Er betrachtete nun die Hand des Mannes, in der seine Kugel eingeschlagen war. Inmitten der Handfläche klaffte ein blutiges Loch.

»Was ist mit Amy Higgins geschehen?«

»Keine Ahnung«, zischte der Mann, der unter der Last von Reinharts Körper litt.

»Das Miststück ist seit gestern Nacht spurlos verschwunden.«

Sie hat es also geschafft zu fliehen, dachte Reinhart erleichtert.

»Ich schätze mal, sie ist auch tot.«

Diese Aussage verunsicherte Reinhart, und er konnte sie nicht einordnen.

»Warum?«
»Cop, ich weiß genau, wer du bist. Du warst doch damals dabei, als diese mysteriösen Dinge in der Lagerhalle passiert sind.«
»Es tut nichts zur Sache, wer ich bin«, erwiderte Reinhart kalt.
»Was geht hier vor sich?«
»Das Gleiche wie damals. Wir haben einen von uns in den Gängen verloren. Er wurde direkt vor unseren Augen von diesen Wesen zerfleischt. Seitdem haben wir diesen Bereich mit verschiedenen Graffiti markiert. Allerdings gibt es dort unten einen sehr interessanten Raum, der offenbar der Ursprung von allem ist.«
In diesem Moment wurde Reinhart so einiges klar. Er wusste plötzlich, weshalb West sich nicht mehr bei ihm gemeldet hatte. *Er ist den Kreaturen zum Opfer gefallen.*
»Und?«
»Was und?«
Der Mann atmete hörbar gequält ein und aus.
»Nun komm schon, du tötest mich doch sowieso.«
»Was gibt es in diesem speziellen Raum zu sehen?«
Reinhart überging die letzte Bemerkung des Mannes. Er wollte ihn noch nicht töten, da er das Gefühl hatte, dass er durch ihn etwas mehr über die Hintergründe des Ganzen erfahren könnte.
»Ich kann es dir nur schwer erklären, du musst es selbst sehen.«
»Wo finde ich diesen Raum?«
»In den Tiefen des Kellers.«
Reinhart ging das Herumdrucksen des Mannes gewaltig auf die Nerven. Er griff deshalb in seine Tasche, förderte ein paar Handschellen zutage und ließ diese um die Handgelenke seines Angreifers zuschnappen. Dabei streifte er über die Schusswunde und beobachtete, wie die Gesichtszüge des Mannes ent-

gleisten.

»Dann zeig mir mal, wo wir deinen geheimen Raum finden.« Reinhart zog den Mann unsanft auf die Beine und schubste ihn vorwärts. *Kann ich ihm vertrauen?*, war der erste Gedanke, der sich in seinen Kopf schlich, während der Mann ihn durch die Umkleidekabinen hindurch in Richtung des Saunabereiches führte. *Mir bleibt wohl keine andere Wahl.*

22

Schon von Weitem sah Verena die Leuchtreklame, auf der in großen Buchstaben *ARIZONA SPLASH* zu lesen war. Während der letzten Meilen war sie müde geworden, hatte das Ziel vor Augen jedoch nicht verloren und es irgendwann endlich erreicht. Sie stellte den Pontiac extra in einer Seitenstraße hinter der Halle ab, um nicht unnötig Aufsehen zu erregen, dann öffnete sie die Tür und genoss einen Moment lang den kalten Nachtwind. Es fühlte sich gut an, nach so vielen Stunden endlich wieder ein paar Schritte gehen zu können. Wenig später entdeckte sie im Schein der Laternen den Maschendrahtzaun. Die Lampen auf dem gesamten Gelände brannten – was sie jedoch nicht wunderte, da sie sowieso davon ausgegangen war, dass noch immer Polizisten vor Ort waren. Im hinteren Teil sah sie eine Tür, direkt in der Mitte des Zaunes. Diese war bloß angelehnt, deshalb nutzte Verena ihre Chance und wagte sich ins Innere der Anlage. Als das Eisentor laut ins Schloss fiel, zuckte sie unweigerlich zusammen. Auf dem Außengelände des riesigen Schwimmbades war es nahezu taghell. Die Lichtkegel der Laternen flimmerten über den Boden und beleuchteten die gesamte Umgebung. Verena betrachtete selbige ganz genau und vergewisserte sich immer wieder, dass sie nicht doch gesehen wurde, doch sie entdeckte niemanden hier draußen. Falls gerade Polizisten vor Ort waren, befanden sie sich also definitiv im Inneren des riesigen Gebäudes. Verena versuchte, sich möglichst geräuschlos zu bewegen. Sie suchte jetzt das komplette Gelände ab und entdeckte schon wenig später etwas Aufsehenerregendes. In einem Becken hatte sich Wasser mit Blut vermischt. Es war so viel, dass es so aussah, als wäre dort jemand brutal ermordet worden. Mit so etwas hatte Verena nicht gerechnet. Sie wandte sich hastig ab und richtete ihren Blick wieder nach vorne. Direkt hinter dem Becken gab es einen Durchgang, in dem das Wasser etwa knietief war. Er führte durch einen Vorhang aus Plastik in die Halle hinein. Verena zögerte nicht lange, stieg in das blutige Wasser und wagte sich ein paar Schritte nach vorne. Das kalte Wasser umspülte ihre Beine und durchnässte ihre Kleidung, doch davon ließ sie sich nicht aufhalten. Nach wenigen Sekunden betrat sie bereits die Fliesen im Inneren des Schwimmbades. Vor sich entdeckte sie eine Wendeltreppe, die in den oberen Bereich führte. Aus einem Lüftungsschacht in ihrer Nähe vernahm sie ein lautes Surren, aber die Luft fühlte sich irgendwie seltsam verbraucht an. Verena dachte nicht weiter darüber nach und stieg die Stufen der Wendeltreppe hinauf, bis sie eine Glastür erreicht hatte. Das Glas war überzogen von Fingerabdrücken, doch Verena versuchte, selbst keine zu hinterlassen, weshalb sie mithilfe ihres heruntergezogenen Ärmels die Tür aufdrückte. Sie sah jetzt das erste Becken vor sich und spürte einen Schwall warmer Luft. Auf dem Boden waren Spuren zu erkennen – Dreck und Blut hatten sich auf den Fliesen zu einer rostbraunen Masse vermischt. Verena entschied sich dazu, den Bereich genauer in Augenschein zu nehmen. Sie passierte das große Becken und hatte bald darauf den Abschnitt mit den Rutschen erreicht. Hier war das Licht etwas schwächer und als sie an die Decke blickte, erkannte sie auch den Grund dafür. Mehrere Leuchtstoffröhren waren defekt und der Metallrahmen einer der Lampen hing von der Decke herab. *So sieht es hier nach einer Neueröffnung aus?*, fragte Verena sich verwundert. *Das Gebäude bräuchte erst mal eine Grundsanierung.* Sie hatte nun das Ende der Tunnelrutsche vor sich und blickte in das Wasser. Die Lichtstrahlen reflektierten auf der Oberfläche, doch das war nicht das, was ihre Aufmerksamkeit in Beschlag nahm. Es war viel mehr der Augapfel, der herrenlos im Wasser umhertrieb und eine braune Spur hinter sich herzog.

Esteban wendete nach dem Gespräch mit dem Polizisten den Wagen und fuhr wieder in die Richtung, aus der sie ursprünglich gekommen waren. Wenig später kurbelte er erneut das Fenster herunter und genoss den abendlichen Wind, der ihm entgegenwehte.
»Wir sollten bald da sein«, meinte er wenige Minuten später.
Jessica wurde mit jedem weiteren Meter nervöser. Seit dem merkwürdigen Gespräch mit Officer West hatte sie nichts mehr von ihm gehört, und obwohl sie mehrmals versucht hatte, ihn zu erreichen, war er nicht ans Telefon gegangen. Doch dies war nur eines von wenigen Dingen, die ihr momentan Sorge bereiteten. Ganz oben auf ihrer Liste stand natürlich Amy. Jessica hatte allerdings kaum noch Hoffnung, dass sie noch am Leben war – geschweige denn, dass sie ihre Freundin irgendwo in der Nähe des Schwimmbades finden würden. Es gab nun mal nichts, was dafürsprach. Selbst die abgetrennte Hand, die die Polizisten gefunden hatten, war kein wirkliches Indiz dafür. Esteban schaltete das Radio an und kurbelte das Fenster wieder hoch. Aus dem Gerät war leise der Refrain von *Born in the USA* zu hören. Er lehnte sich zurück und entspannte sich etwas. Es dauerte nicht lange, bis er plötzlich Scheinwerfer sah, die ihnen entgegenkamen. Der Pontiac fuhr um einiges zu schnell. Esteban blinkte auf und versuchte, den Fahrer auf diese Weise darauf aufmerksam zu machen. Als dieser jedoch nicht vom Gas ging

und mit knapp einhundert Meilen an ihm vorbei raste, sagte er:
»Was für ein Idiot.«
Er nahm seinen Blick kurz von der Straße und sah Jessica in die Augen. Ihre Haare klebten ihr an der Stirn. Sie wirkte extrem angespannt, und schien seinen Blick gar nicht wahrzunehmen.
»Ist alles okay?«
Als sie Estebans Worte hörte, zuckte sie erschrocken zusammen. Es kam ihm so vor, als hätte er sie gerade aus einer weit entfernten Welt geholt.
»Ja, alles gut. Ich bin nur aufgeregt.«
Esteban lächelte.
»Und ich erst.«
Sein Lächeln verschwand allerdings kurz darauf und er wurde wieder ernst, während er seinen Blick zurück auf die vor ihnen liegende Straße richtete.
»Ich hoffe, wir können beide retten.«
Die restlichen Minuten legten sie schweigend zurück. Der Umweg hatte sie etwas Zeit gekostet, und als Esteban aus der Ferne die Großbuchstaben der Leuchtreklame sah, die die abendliche Dämmerung erhellte, atmete er erleichtert auf. Als er den Ford Fiesta schließlich auf dem Parkplatz vor der Halle abstellte, entdeckte er dort zwei Fahrräder, die direkt neben der Halle in einem Ständer abgestellt waren. Außer zwei Streifenwagen war der restliche Teil des Parkplatzes leer. Doch schon von außen war zu sehen, dass in der Halle Licht brannte.
»Ich hoffe, wir stören dort niemanden.«
Jessica kam die gesamte Situation äußerst merkwürdig vor. Eines der Autos musste Officer West gehören. Sie konnte sich immer noch nicht erklären, warum er sich nicht meldete – hoffte aber weiterhin auf eine einfache Erklärung. *Vielleicht ist das*

Diensttelefon kaputt gegangen. Aber dann wäre da immer noch der mysteriöse Anruf zuvor. Jessica schüttelte den Kopf und versuchte jeden Gedanken, der mit diesem Thema zusammenhing, zu vertreiben. Die Kieselsteine knirschten leise unter ihren Schuhen und der leichte, kühle Wind trocknete den Schweiß auf ihrer Stirn. Jessica fühlte sich sofort etwas besser. Während der letzten Minuten hatte sie leichte Kopfschmerzen bekommen, die nun aber wieder verschwunden waren. Sie kamen der Halle nun immer näher und hatten die Eingangstür wenige Augenblicke später erreicht. In dem Moment, als Esteban sie aufdrücken und ins Innere treten wollte, stürzte sich etwas auf ihn.

23

Milow trat fest in die Pedale und steuerte das Fahrrad über die dunkle Straße. Er hörte Pete hinter sich etwas sagen, konnte jedoch nicht verstehen, was sein Freund von ihm wollte. Er ließ das Fahrrad langsam ausrollen und wartete auf dem Bürgersteig, bis Pete ihn eingeholt hatte. Unter dem gelben Licht der Scheinwerfer erkannte Milow, dass er ziemlich aus der Puste war.
»Du bist viel zu schnell«, sagte er keuchend.
Milow musste grinsen. Der Fahrtwind hatte den Schweiß, der sich auf seiner Stirn gebildet hatte, bereits getrocknet.
»Lass uns lieber nach Hause fahren, es ist schon dunkel«, meinte er schließlich.
Da Pete und er in derselben Straße wohnten, hatten sie auch denselben Weg. Dieser führte sie ein paar Seitenstraßen später an dem neueröffneten Schwimmbad vorbei. Milow fuhr als Erster an dem Gebäude entlang und entdeckte das Absperrband, welches sanft im Wind flatterte. Alle Lichter auf dem Gelände brannten, doch der Parkplatz war bis auf zwei Streifenwagen komplett leer.
»Komisch, oder?«
»Was?«
Pete war erneut ein paar Meter zurückgefallen. Als sie sich auf einer Höhe befanden, deutete Milow auf die Schwimmhalle und das beleuchtete Außengelände.
»Ein Absperrband, alle Lichter brennen und zwei Polizeiwagen stehen auf dem Parkplatz. Sieht aus, als wäre dort etwas passiert.«

»Warum schauen wir nicht einfach nach?«, fragte Pete und stellte damit die Frage, die Milow von Beginn an im Kopf herumgeschwirrt war.
Ja, warum machen wir das nicht einfach?
»Meinst du, das ist eine gute Idee? Das Absperrband wird ja schließlich nicht umsonst dort sein.«
»Egal.«
Pete winkte ab.
»Also, mich interessiert das schon. Lass uns unsere Fahrräder abstellen und mal nachsehen, was hier vor sich geht.«

Jessica zuckte zusammen. Sie hatte den Jungen, der etwa dreizehn Jahre alt war, nicht kommen gesehen. Sein Gesicht, seine Arme und seine Kleidung waren blutverschmiert. Esteban versuchte vorsichtig, den Körper von sich herunter zu bekommen, und sprach den Jungen leise an.
»Was ist passiert? Wer bist du?«
»Ich... ich bin Milow«, keuchte dieser.
In seinen Augen war reines Entsetzen zu lesen. Sie waren weit aufgerissen und blickten an Esteban vorbei in die Ferne.
»Pete... er... er ist tot.«
Die Stimme des Jungen zitterte, und er fing an, zu weinen.
»Da war so ein unmenschliches Wesen... oder... war es ein Mensch? Ich weiß es nicht. Ich habe nicht viel erkennen können. Und... und... er wurde einfach getötet.«
Jessica blickte Esteban verwirrt an. Dieser erwiderte ihren Blick und zuckte dann mit den Schultern. Sie konnte allerdings erkennen, dass er momentan genauso eine tiefe Angst verspürte wie sie.
»Wie seid ihr überhaupt hierhergekommen?«

»Wir waren mit den Fahrrädern unterwegs. Wir wollten schnell nach Hause, da es bereits dunkel geworden war...«
Der Körper des Jungen zitterte und seine Stimme überschlug sich fast. Jessica legte einen Arm um ihn und versuchte den aufkommenden Ekel, den das Blut, das überall auf seinem Körper verteilt war, in ihr erzeugte, zu unterdrücken. Doch allein der Geruch, den die Mischung aus Schweiß und Blut erzeugte, ließ sie unweigerlich würgen. Sie spürte jedoch, wie sich der Junge in ihren Armen langsam entspannte, und veränderte ihren Griff daher nicht.
»Was ist dann passiert?«
Milow schluchzte und atmete mehrmals tief durch, bevor er weitersprach.
»Wir sind durch das Gebäude gelaufen und haben bei den Toiletten eine Tür gefunden, die uns in eine dunkle Kammer geführt hat.«
Milow zeigte in die Richtung, in der sich die Toiletten befanden. Jessica erkannte, dass dort, am Ende des Ganges, Treppen in ein tieferes Stockwerk hinabführten.
»Du hast etwas von irgendwelchen Wesen erzählt.«
Jessica hielt kurz inne, denn sie wollte Milow, der immer noch nicht ganz bei sich wirkte, die Möglichkeit geben, ihre Worte zu verarbeiten. Fünf Sekunden später nickte er.
»Ich weiß nicht, was ich gesehen habe. Wahrscheinlich war es ein Mensch. Aber irgendwas war anders.«
»Wie sah er aus? Kannst du uns das näher beschreiben?«
Milow schien sich zumindest etwas von den schrecklichen Geschehnissen erholt zu haben, denn er blieb jetzt gefasst. Sein Brustkorb hob und senkte sich immer noch relativ schnell, doch der Ausdruck in seinen Augen war etwas klarer geworden.

»Ich habe nicht viel sehen können.«
Tränen bahnten sich erneut ihren Weg über sein Gesicht, was ihn dazu zwang, wieder eine Pause einlegen zu müssen.
»Tiefschwarz. Ich sehe nur... Blut. Und den abgetrennten Kopf von... Pete... sein Blut... es klebt überall an mir.«
»Bist du denn verletzt?«
Milow schüttelte den Kopf.
»Nein, ich glaube nicht. Zumindest spüre ich keine Schmerzen.«
Das hat nichts zu bedeuten.
Jessica behielt diese Gedanken zwar für sich, wusste aber, dass es der Wahrheit entsprach. Sie hatte schon Geschichten gehört, in denen Menschen mit schweren Verletzungen erzählt hatten, dass der Schmerz erst viel später eingesetzt hatte. *Vielleicht steht er momentan einfach zu sehr unter Schock.*
»Wir sollten lieber einen Notarzt rufen«, meinte Esteban.
Milow schüttelte beharrlich den Kopf.
»Nein. Bitte nicht. Wenn meine Eltern etwas davon erfahren...«
Jessica blickte ihm ins Gesicht und sah den traurigen Ausdruck darin.
»Lass mich kurz nachsehen, ob er überhaupt verletzt ist. Wo wohnst du denn?«
Während sie Milow behutsam das T-Shirt auszog und seinen Oberkörper auf etwaige Verletzungen überprüfte, antwortete der Junge.
»Gleich nebenan in der Groove Street. Das zweite Haus auf der rechten Seite. Pete... er hat nur fünf Häuser weiter gewohnt.«
Jessica spürte, wie sie plötzlich von einem Gefühl endloser Traurigkeit übermannt wurde. *Ein unschuldiges Kind musste etwas so Grauenhaftes durchleben.*

»Hast du etwas Besonderes dort drinnen entdeckt?«
»Wir sind durch die verschiedenen Gänge gelaufen und haben uns nach einiger Zeit verlaufen. Irgendwann haben wir dann so ein komisches Geräusch gehört... direkt aus den Wänden, zumindest wirkte es so. Kurz darauf habe ich Pete verloren. Allerdings habe ich, bevor ich fliehen konnte, eine Tür entdeckt, unter der ein weißes Licht hervorgekommen ist. Ich bin aber einfach weiter gerannt und habe schließlich einen Weg nach draußen gefunden.«
Milow deutete auf eine offenstehende Tür an der Seite. Hinter dieser war jedoch nichts außer tiefschwarze Dunkelheit zu erkennen. Jessica versuchte, die Informationen, die Milow ihnen gerade gegeben hatte, wie ein Puzzle zusammenzufügen, doch kein Teil passte zu einem anderen, weshalb sie immer noch vollkommen ratlos war.
»Wenigstens bist du nicht verletzt«, sagte sie, und streifte Milow das T-Shirt wieder über den Kopf.
Sie spürte, wie sich Erleichterung in ihr breitmachte. *Wir brauchen also doch keinen Notarzt.* Die Verfassung des Jungen stabilisierte sich ebenfalls immer mehr. Bald waren die Tränen aus seinen Augen verschwunden.
»Mir kommt das alles sehr merkwürdig vor«, meinte Jessica schließlich und durchbrach damit die aufgekommene Stille. Esteban hob seinen Kopf und sah sie fragend an.
»Das Auto von Officer West steht auf dem Parkplatz, doch ich kann ihn schon seit längerer Zeit nicht mehr erreichen, Außerdem sieht es nicht so aus, als wäre außer uns überhaupt jemand hier.«
Gerade, als sie diesen Satz beendet hatte, hörte Jessica in der Ferne eine Tür ins Schloss fallen. Der Nachklang des Geräu-

sches war noch lange in den Tiefen des Gebäudes zu vernehmen.
»Hallo?«
Jessicas Stimme mischte sich nun mit dem Geräusch zu einem Echo, das durch die Gänge hallte, doch es kam keine Antwort.
»Ich gehe mal nachsehen.«
Esteban stand vom Boden auf.
»Bleib du bitte solange bei Milow, ich bin gleich wieder da.«
Jessica fühlte sich nicht wohl dabei, ließ ihn aber schließlich doch gehen. Sie sah zu, wie er sich entfernte und bald darauf durch die Glastür im Inneren des Schwimmbades verschwunden war. Aus dieser Richtung war das Geräusch zwar nicht gekommen, doch Jessica hielt es ebenfalls für eine gute Idee, dort mit der Suche zu beginnen. Schließlich brannten alle Lampen und zwei Streifenwagen standen auf dem Parkplatz. Die Glastür fiel hinter ihm ins Schloss und schnitt sie damit endgültig von Esteban ab. Jessica fühlte sich augenblicklich schlechter, denn der Schutz, den seine Anwesenheit die letzten Minuten ausgestrahlt hatte, hatte sich nun einfach so in Luft aufgelöst. Einen Moment lang starrte sie in die Richtung, in der er verschwunden war, bis sie sich mühsam abwandte. Milow hatte während der gesamten Zeit über kein Wort mehr gesagt und kauerte jetzt hinter ihr auf dem Boden. Um die angespannte Atmosphäre etwas aufzulockern, fing Jessica an zu reden.
»Ich könnte dich zu unserem Auto bringen. Dort wärst du sicher. Möchtest du das?«
Milow schüttelte energisch den Kopf.
»Nein, bitte nicht. Ich möchte jetzt nicht allein sein.«
Jessica nickte verständnisvoll und legte einen Arm um seine Schultern.

»Ich verstehe dich gut. Du brauchst keine Angst zu haben, ich bin ja da.«

Ihre Worte lockerten auch die tiefe Angst vor dem Ungewissen in ihrem Inneren etwas. Doch sie wollte nicht daran denken und vertrieb deshalb hastig alle Gedanken an das, was Milow geschehen sein mochte. *Vielleicht...stimmt das ja auch gar nicht, was er mir erzählt hat?*, überlegte sie plötzlich. Doch innerlich schüttelte sie entschieden den Kopf. *Was auch immer ihm passiert ist, ist wirklich geschehen. Woher sollte sonst das ganze Blut auf seiner Kleidung kommen?* Eine weitere Stimme in ihrem Kopf flüsterte jetzt jedoch etwas ganz anderes, über das Jessica zuvor nicht einmal im Ansatz nachgedacht hatte. *Was, wenn es Milow war, der Pete umgebracht hat? Nein! Er ist doch nur ein harmloser Junge. Dazu ist er gar nicht fähig.* Ein paar Sekunden lang trug sie diesen Konflikt noch stumm in ihrem Kopf aus, ehe sie eine Entscheidung traf.

»Komm mit, wir gehen in die Schwimmhalle. Vielleicht finden wir dort ja ein paar Polizisten.«

24

Reinhart spürte, wie er immer mehr von der Hitze der Saunas eingehüllt wurde und schon bald begann er, aus allen Poren zu schwitzen. Der Mann führte ihn mit hinter den Rücken gefesselten Händen durch einen kurzen Gang. Er stieß die Tür der hintersten Kabine auf, und Reinhart folgte ihm ins Innere hinein - seine Waffe stets griffbereit, weil er jeden Moment damit rechnete, dass der Mann auf ihn losging. Er wollte auf jeden Fall sichergehen, dass er nicht überrascht werden würde. Allerdings war ihm klar, dass er die Hand des Mannes sehr gut getroffen hatte – er blickte hinunter und stellte fest, dass die Wunde aufgehört hatte, zu bluten. Das wertete er als gutes Zeichen. *Ich muss trotzdem weiterhin auf der Hut sein. Er hätte es beinahe geschafft, mich mit dem Messer zu erstechen.* Die Bodendielen unter seinen Füßen erzeugten irgendwie merkwürdige Geräusche, doch er versuchte, diese zu ignorieren und sich nur auf das zu konzentrieren, was wirklich wichtig war. *Ich muss den Raum erreichen, von dem er erzählt hat.* Reinhart wusste zwar noch nicht, in welcher Form dieser Raum wichtig war, doch er hoffte, dass er ihn irgendwie in seinen Ermittlungen weiterbringen würde. Er ging davon aus, dass all das, was der Mann ihm bisher erzählt hatte, der Wahrheit entsprach. Er hatte ja bereits damit gerechnet, dass die Überlebenschancen für Amy und Nelson relativ gering waren – und wenn wirklich alles stimmte, war das zumindest auf Nelson auch zugetroffen. Dass sie bislang noch keine Spur von Amy gefunden hatten, stimmte ihn nicht wirklich positiv. *Ich muss wahrscheinlich abwarten und alles, was auf mich zukommt, einstecken, spontan verarbeiten und darauf*

reagieren. Der Mann drehte sich nun zu ihm um und sah ihm fest in die Augen. Reinhart nutzte den kurzen Moment, um den Gesichtsausdruck seines Gegenübers zu analysieren.
»Wir müssen hier entlang. Siehst du die Tür im Holz?«
Erst beim zweiten Hinsehen erkannte Reinhart tatsächlich einen feinen Griff, der in das Holz eingelassen war. Er runzelte die Stirn, ging ein paar Schritte nach vorne und öffnete dann die Tür. Er griff danach sofort an sein Holster und knipste außerdem seine Taschenlampe an. Der gelbe Lichtkegel schwebte über eine Stahltreppe, die über und über mit Blut beschmiert war. Selbst an den Wänden konnte Reinhart blutige Handabdrücke erkennen. Er deutete mit seiner Hand in die Richtung der Stufen und sagte:
»Du gehst vor.«
»Okay, Cop.«
Der Mann konnte sich ein Grinsen nicht verkneifen.
»Ich gehe vor. Aber löst du mir wenigstens die Handschellen, damit ich mich, falls ich ausrutsche, abstützen kann?«
»Ich bin doch nicht bescheuert«, entgegnete Reinhart kalt und versetzte dem Mann einen kleinen Stoß, der ihn zwar taumeln ließ, ihn aber nicht zu Fall brachte.
»Los, wir haben nicht ewig Zeit.«
»Okay okay, ist ja schon gut«, entgegnete der Mann.
»Ich bin übrigens Arthur, wir sind uns vorhin schon begegnet.«
Reinhart hatte die ganze Zeit schon überlegt, ob dieser Mann einer der Männer war, die sie vor Kurzem überrascht hatten – jetzt hatte er die Gewissheit und spürte, wie ihn eine Erleichterung überkam. *Also ist da draußen nur noch einer von diesen Irren. Hoffentlich lauert er mir nicht in der Dunkelheit auf.* Obwohl er nicht davon ausging, zog er diesen Gedanken trotzdem

in Betracht, und nahm sich vor, noch konzentrierter zu sein, als er es ohnehin schon war. Er schärfte seinen Blick, richtete seine Augen nach vorne und folgte Arthur, der in die Richtung ging, in die Reinharts Lichtkegel wies. Die Wände waren dunkel und an vielen Stellen mit Blut beschmiert, genau wie der Abschnitt mit der Stahltreppe. Reinhart fragte sich, was hier unten wohl passiert sein mochte, dass dieser Raum derartig grauenhaft aussah. Er fühlte sich auf einmal seltsam eingeengt und musste plötzlich wieder an die Geschehnisse in der Lagerhalle denken, die er noch immer nicht vollständig verarbeitet hatte. Fast jede Nacht schreckte er aus dem Schlaf hoch, weil er von Albträumen heimgesucht wurde, die ihn wieder und wieder an den Ort des Grauens führten. Jedes Mal lag er danach nass geschwitzt und keuchend im Bett und musste das Licht anschalten, um sich zu vergewissern, dass er nicht wieder in den dunklen Gängen gelandet war. *Warum habe ich mich bloß darauf eingelassen? Ich hätte direkt Verstärkung anfordern sollen.* Dann erinnerte er sich wieder an den vergeblichen Versuch, Jack Miles und Ralph Doherty zu erreichen. *Irgendwie läuft gerade alles schief.* Passend dazu hatte er noch dieses unbeschreiblich beklemmende Gefühl, welches ihm geradezu zu schrie, dass hier etwas ganz und gar nicht stimmte. Trotzdem folgte er dem Mann durch die Dunkelheit. Das einzige Geräusch, was er hörte, war das stetige Tropfen einer Flüssigkeit auf den Boden. Reinhart vermutete, dass es sich dabei um Blut handelte, sicher war er sich aber nicht. Tief in seinem Inneren hoffte er, dass es nur noch wenige Sekunden dauern würde, bis er mitten in der Nacht in seinem Bett aufwachen und an die dunkle Zimmerdecke starren würde. Er sah dieses Szenario ganz genau vor sich und beschloss, sofort das Nachtlicht einzuschalten, welches er auf sei-

ner Kommode platziert hatte. Er schloss die Augen und zählte langsam bis zehn. Doch als er sie wieder aufschlug, befand er sich immer noch in dem dunklen Gang, der lediglich von dem gelben Lichtkegel seiner Taschenlampe erhellt wurde. Der Umstand, dass der Mann namens Arthur dabei war, machte die Situation auch nicht besser. Reinhart musste nun sogar doppelt auf der Hut sein.
»Wie weit ist es denn noch bis zu diesem Raum?«
»Ich fürchte, wir haben uns verlaufen.«
Ein dämonisches Grinsen zeichnete sich plötzlich auf den Lippen seines Gegenübers ab. Reinhart spürte daraufhin eine Wut in sich aufsteigen, die er einfach nicht unterdrücken konnte. Er griff nach seiner Waffe, rammte dem Mann die Mündung gegen die Stirn und schrie:
»Verdammt noch mal, wo müssen wir lang?«
Reinhart merkte, wie ihm der Schweiß in Bächen über den Körper lief. In diesem Moment fühlte er sich extrem eingeengt und verspürte eine so unfassbare Angst, dass er sie nicht beschreiben konnte. Arthur hielt den Blick zu Boden gesenkt und antwortete nicht. Reinhart vermutete, dass er erneut dieses Grinsen auf seinem Gesicht trug, dessen Anblick ihn wahnsinnig machte. Plötzlich verschwamm sein Blick und er sah seltsame rote Lichtblitze auf einem schwarzen Hintergrund vor seinem inneren Auge hin und her zucken. Arthur nutzte seine Unachtsamkeit sofort aus und löste sich von ihm. Reinharts Taschenlampe fiel zu Boden und der Lichtkegel prallte gegen die Decke. Dort erkannte er jetzt einen stetigen Blutfluss, der sich seinen Weg über die Mauersteine bahnte. *Reiß dich zusammen, verdammt noch mal!* Sein Zustand beunruhigte ihn unfassbar, denn er wusste nicht, worauf dieser zurückzuführen war. Als er je-

doch in die tiefschwarze Dunkelheit lauschte, vernahm er plötzlich ein Geräusch, welches wie ein leises Kratzen auf Stein klang. Es passte nicht zu dieser Szenerie, da es sich von den anderen Geräuschen deutlich abhob. Reinhart sah eine dunkle Kontur. Die nachtschwarzen Krallen schabten über den Steinboden und kamen immer näher in seine Richtung. Ein Impuls zuckte durch seine Muskeln und lähmte ihn für einen Moment komplett. Panisch blickte er sich um und sah Graffiti an der Wand. Überall waren rote Kreuze und der Buchstabe A zu sehen. Er hatte die Schriftzüge zuvor gar nicht wahrgenommen, da sie denselben Farbton wie das Blut hatten, doch nun hoben sie sich deutlich ab und stachen aus dem Schatten hervor. Es war fast so, als würden sie in der Dunkelheit leuchten. Alles in Reinhart drängte ihn dazu, wegzulaufen und diesen Ort fluchtartig zu verlassen, doch es fühlte sich für ihn so an, als würden seine Gliedmaßen nicht zu seinem Körper gehören – sie waren wie versteinert und führten die Befehle einfach nicht aus, die er ihnen gab. Verzweifelt konzentrierte er sich auf das Wesentliche. *Wach endlich auf!* Als er wenige Augenblicke später die Augen wieder öffnete, fielen ihm sofort drei Dinge auf. Arthur war verschwunden - er selbst hatte eine blutige Axt in der Hand – und nur wenige Meter entfernt befand sich ein abgetrennter Kopf, aus dem ihn leere, blutunterlaufene Augen anblickten.

25

Verena konnte nicht glauben, was sie da sah. Sie fühlte sich augenblicklich zurückerinnert an ihren Container, dem Ort, an dem sie damals ähnliche Dinge angestellt hatte. Sie durchsuchte mit ihrem Blick das kleine Becken hinter der Mündung der Rutsche, entdeckte jedoch nichts Auffälliges. Sie schlussfolgerte daher, dass der Augapfel durch die Tunnelrutsche von oben nach unten gelangt war – die dunkle Blutspur auf dem hellgrünen Untergrund bestätigte ihre Vermutung. Sie beschloss, die Wendeltreppe hinaufzusteigen und nachzusehen, ob sie oben etwas fand. Je höher sie stieg, desto wärmer wurde die Luft. Aus einem Schacht in der Decke wehte ihr ein warmer Luftzug entgegen, der ihr einen Schweißfilm auf die Stirn trieb. Wenige Stufen, bevor sie oben angekommen war, musste sie eine kurze Pause einlegen. Schon von Weitem sah sie die Konturen von etwas, das ihre Aufregung noch steigerte. *Das könnte ein Körper sein, oder...?* Die letzten Stufen rannte sie fast hinauf, bevor sie ihr Ziel erreicht hatte. Ungläubig blickte sie auf das, was auf dem kleinen Vorsprung vor der Tunnelrutsche lag. Es war ein blutüberströmter Torso, bei dem sämtliche Gliedmaßen und der Kopf abgetrennt worden waren. Verena konnte erkennen, dass es sich bei dem Toten um einen dunkelhäutigen Mann handelte. Arme und Beine lagen um den Torso herum verstreut, der Kopf fehlte jedoch. *Und das haben die Polizisten vorhin nicht entdeckt? Die gehen doch wirklich mit geschlossenen Augen durchs Leben.* Verena war sich sicher, dass die Leiche schon mehrere Stunden alt war. Sie hatte in den letzten Jahren einiges an Erfahrung gesammelt, weshalb sie der Anblick nicht anekelte, sondern viel mehr faszinierte. Sie konnte ihren Blick einfach nicht abwenden, tat es aber schließlich doch, da sie auf einmal die Anwesenheit eines anderen Menschen in ihrer Gegenwart spürte. Als sie sich gründlich umsah, entdeckte sie jedoch niemanden. Ihr kam daraufhin eine Idee, die sie unwillkürlich lächeln ließ. Einen kurzen Moment lang betrachtete sie den verstümmelten Körper vor sich, ehe sie sich dazu entschied, die Gliedmaßen nach und nach in das untere Becken zu werfen. Sie wollte damit Aufmerksamkeit erregen und hoffte, dass die Leute, die für dieses Chaos verantwortlich waren, sich dadurch zeigen würden. Der kalte Stahllauf ihrer Sig Sauer bestärkte sie darin, dass dies die richtige Idee war. Sie warf als Erstes einen Arm hinunter – verfehlte das Becken jedoch und sah, wie dieser auf dem Boden aufprallte, über die Fliesen rutschte und dabei eine dunkle Spur aus Blut hinter sich herzog. Beim zweiten Arm war sie vorsichtiger, und hatte Erfolg. Mit einem leisen Platschen kam er im Wasser auf und sank dann langsam auf den Grund des Beckens. *Willkommen im Arizona Splash*, dachte Verena. *Das einzige Schwimmbad weltweit mit einer Beilage aus abgetrennten Körperteilen zum Mitnehmen.* Sie warf nun das erste Bein und sah zu, wie es in der Nähe des Arms im Wasser landete. Sie war so in ihrem Element, dass sie die Schritte gar nicht bemerkte, die über die Treppenstufen immer nähergekommen waren. Als der Mann mit der dunklen Maske direkt vor ihr stand, hielt sie kurz inne, bevor sie ihre Waffe zückte.

»Keine Bewegung!«

Schwerer Atem schlug ihr entgegen. Der Mann rührte sich nicht, sondern sah sie nur verwundert an. *Er hat wahrscheinlich mit allem gerechnet, aber nicht mit mir.*

»Was ist denn hier los?«, fragte der Mann.

Durch die Maske hindurch klang seine Stimme seltsam verzerrt. Er kam nun noch zwei Schritte näher. Verena entsicherte ihre Waffe und richtete die Mündung zielsicher auf die Brust ihres Gegenübers.
»Keinen Schritt weiter.«
Sie wiederholte ihre Anweisung daraufhin noch einmal etwas langsamer und eindringlicher, um dem Mann klarzumachen, dass er es gar nicht erst versuchen sollte, sich mit ihr anzulegen.
»Was ist denn hier passiert?«, fragte Verena nun ihrerseits.
Vor ihr lag jetzt bloß noch ein abgetrenntes Bein und der blutüberströmte, kopflose Torso.
»Keine Fragen«, gab der Mann nur knapp zur Antwort.
Verena gefiel das überhaupt nicht, deshalb versuchte sie, ihm mit der Waffe ein weiteres Mal zu signalisieren, dass sie es war, die die Gewalt über die Situation hatte. Sie hob den Lauf ein Stück an, sodass dieser nun auf den Kopf des Mannes zeigte – oder besser gesagt auf seine Maske. Dieser ließ sich davon jedoch anscheinend nicht beeindrucken, was Verena einerseits bewunderte, anderseits aber auch missfiel. Er machte keinerlei Anstalten, zurückzuweichen, sondern blieb einfach auf der Stelle stehen, als seien seine Füße fest mit dem Boden verwurzelt.
»Freundchen, ich habe eine Waffe, und du nicht.«
Verena erkannte, wie sich nach ihren letzten Worten unter der Maske des Mannes ein Grinsen abzeichnete. Fast wie in Zeitlupe holte der Mann eine Bügelsäge, ein Klappmesser, und schließlich auch noch eine Schusswaffe hervor. Er warf alles nacheinander auf den Boden vor seinen Füßen. Der Lärm, den die Mordwaffen erzeugten, musste in der gesamten Schwimmhalle zu hören gewesen sein.

»Und jetzt?«
Die Stimme des Mannes klang seltsam herausfordernd. Verena hatte nun definitiv genug gesehen. Sie dachte deshalb nicht lange nach, sondern feuerte ihm eine Kugel in die Schulter.

Jessica und Milow, die sich gerade im hinteren Teil des Schwimmbades befanden, vernahmen plötzlich einen lauten Knall. Milow zuckte erschrocken zusammen und drehte sich sofort um. Jessica bemerkte seinen hilfesuchenden Blick, wusste jedoch nicht, was sie sagen sollte.
»Bleib hinter mir«, meinte sie nur.
Sie ging ein paar Schritte in die Richtung, aus der sie den Schuss gehört hatte, obwohl sie ahnte, dass das wahrscheinlich keine gute Idee war. Sie wusste nicht, ob irgendetwas passiert und Esteban womöglich in Gefahr war. Auf jeden Fall konnte sie nun sicher sein, dass sie nicht allein in diesem Schwimmbad waren – und, dass irgendetwas hier ganz und gar nicht stimmte. Sie gingen jetzt an den Saunakabinen vorbei. Jessica drehte sich zu Milow um und sagte:
»Bleib hier und rühr dich nicht von der Stelle, okay?«
Sie fühlte sich nicht gut dabei, hatte aber das Gefühl, dass es die bessere Entscheidung war, ihn kurz allein zu lassen, während sie sich auf den Weg machte, um herauszufinden, woher der Schuss gekommen war. Milow nickte.
»Okay.«
Er setzte sich neben die Glastür, die in den Sauna-Bereich führte, auf den Boden und schaute starr in die Richtung, in die Jessica ging. Die Fliesen unter ihren Füßen fühlten sich leicht feucht an, es konnte allerdings auch sein, dass ihre Schuhe einfach noch nass waren. Jeder ihrer Schritte erzeugte ein leises Quiet-

schen. Kurze Zeit später hatte sie den Bereich erreicht, von dem sie glaubte, dass von dort der Schuss erklungen war. Sie sah jetzt eine riesige Tunnelrutsche vor sich und blickte die Stufen der danebenliegenden Wendeltreppe nach oben. Etwas entfernt entdeckte sie einen Körper, der auf den Stufen ausgebreitet lag. Mit einem schlechten Gefühl im Bauch, aber ohne nachzudenken, ging Jessica die Treppe hinauf. Sie hatte das unangenehme Gefühl, beobachtet zu werden, ignorierte dies jedoch, weil sie hoffte, dass es sich mit der Zeit wieder legen würde. Kurz, bevor sie den reglosen Körper erreicht hatte, sah sie eine Frau, die nur wenige Meter entfernt auf der obersten Stufe stand. Sie hatte graue Haare und trug eine Brille. In ihrem Gesicht war ein verwirrter Ausdruck zu sehen. Zumindest glaubte Jessica, ihn darin zu erkennen. Als sie ihren Blick etwas senkte, entdeckte sie allerdings die Schusswaffe in der Hand der Frau, und ihr wurde mulmig zumute.
»Ich musste mich doch verteidigen!«
Die Frau drehte sich um, steckte die Waffe unter ihren Gürtel, den sie trug, und sprach dann weiter.
»Sie brauchen keine Angst vor mir zu haben. Mein Name ist Helen. Und Ihrer?«
»Jessica.«
Jessica überlegte einen Moment lang. Irgendetwas in ihrem Inneren riet ihr dazu, der Frau nicht zu vertrauen, aber sie wusste nicht, woran das lag, denn der Anblick, den die Frau nun ohne Waffe abgab, war alles andere als bedrohlich. *Viel mehr hilflos.*
»Was machen Sie denn hier, Helen?«
»Ich bin zufällig an dem Schwimmbad vorbeigekommen und habe die Einsatzwagen auf dem Parkplatz gesehen. Da ich in der Nähe wohne, habe ich mir natürlich Sorgen gemacht.«

»Wer ist dieser Mann?«
Jessica deutete auf den Körper, der direkt hinter ihr lag.
»Er hat mich plötzlich aus dem Nichts heraus angegriffen. Da musste ich mich doch wehren. Allerdings ist er nur bewusstlos, ich habe ihn nämlich bloß in die Schulter getroffen.«
»Wir sollten auf jeden Fall einen Notarzt rufen. Er könnte verbluten.«
Jetzt, wo Jessica genau hinsah, erkannte sie auch das Einschussloch in der Schulter des Mannes. Durch das T-Shirt, das er trug, sickerte unaufhörlich Blut und breitete sich auf seinem Körper aus.
»Ich habe leider kein Mobiltelefon dabei«, murmelte die Frau. »Besitzen Sie zufällig eins?«
Jessica griff in ihre Hosentasche, in der festen Überzeugung, dort ihr Handy zu finden, doch dem war nicht so. Sie fand bloß ein Paket Taschentücher. *Wo habe ich es denn bloß gelassen?* Sie überlegte fieberhaft und versuchte, eine Lösung zu finden. *Ist es mir vielleicht beim Aussteigen aus der Tasche gefallen? Aber das hätte ich doch bemerkt.* Wenige Sekunden später fiel ihr ein, dass sie es in Estebans Auto nach den zahlreichen Versuchen, Officer West zu erreichen, auf die Ablage direkt hinter den Schaltknüppel gelegt hatte. *Na super. Genau dann, wenn ich mein verdammtes Telefon mal wirklich brauche, lasse ich es im Auto liegen. Ganz große Klasse.* Sie war sauer auf sich selbst, dass sie nicht daran gedacht hatte, es einzustecken.
»Ich muss es im Auto gelassen haben. Ich gehe es eben holen.«
»Warten Sie, ich komme mit.«
Jessica war das nur recht, dann konnte sie die ältere Dame und Milow zusammen zu ihrem Auto bringen, damit beide außer Gefahr waren. *Milow wäre darüber bestimmt nicht abgeneigt.*

Dann ist er zumindest nicht mehr allein.
Während sie die Treppenstufen hinabstieg, hoffte sie inständig, dass der Junge in der Zwischenzeit nicht fortgelaufen war. Sie befürchtete nämlich, dass ihm in seiner Verfassung alles zuzutrauen war. *Was er gesehen hat, war garantiert verdammt grausam.* Als sie ihn dann aus der Ferne erblickte, atmete sie erleichtert auf. Er saß immer noch allein vor dem Durchgang. Von Esteban fehlte weiterhin jede Spur.
»Kommst du mit zum Auto?«, fragte Jessica den Jungen.
»Ich habe mein Handy dort liegen gelassen, und auf der Treppe befindet sich ein verletzter Mann, der Hilfe braucht. Wir müssen unbedingt einen Notarzt rufen.«
Milow stand auf und betrachtete die alte Frau näher, die hinter Jessica stand.
»Ich bin Helen«, sagte die Frau.
Sie setzte ein leichtes Lächeln auf, offenbar wusste sie, wie man mit verängstigten Kindern umgehen musste. Sie schaffte es, Milow ebenfalls ein Lächeln aufs Gesicht zu zaubern.
»Ich bin Milow.«
»Milow, was machst du an diesem Ort?«
»Ich bin zusammen mit meinem Freund mit dem Fahrrad hier lang gefahren. Wir waren neugierig und wollten nachsehen, warum alle Lichter hier drinnen brennen, und warum das ganze Gelände mit Absperrband gesichert ist.«
Milow legte eine Pause ein. Jessica erkannte an seinem Gesichtsausdruck, wie sehr es ihn belastete, erneut über diese schlimmen Geschehnisse sprechen zu müssen, doch bevor sie etwas sagen konnte, schaltete sich Helen ein.
»Du musst nicht darüber sprechen. Ich kann mir schon vorstellen, was passiert ist.«

Milow sah sie aus großen Augen an.
»Wirklich?«
Helen nickte.
»Ja, wirklich.«

Während sie die Halle durchquerten, um zum Ausgang zu gelangen, dachte Verena über die bisherigen Geschehnisse nach. In ihrem Inneren erschien ein Lächeln, welches es jedoch nicht auf ihre Lippen schaffte. *Eine hilflose, alte Dame namens Helen. Ein verdammt guter Plan.* Sie hielt sich dicht hinter Jessica und ging direkt neben Milow her.
»Du hast gerade eben gesagt, dass...«
Milow stockte, wusste nicht, welche Worte er wählen sollte. Verena half ihm und übernahm ihrerseits das Wort.
»Dass ich weiß, was dir geschehen ist? Ja, das stimmt. Es ist so, dass...«
Sie versuchte, mit ihren ruhigen Worten Vertrauen zu erzeugen. Irgendwie mochte sie den Jungen und verspürte deshalb den Wunsch, ihn zu beschützen. Das, was sie eigentlich an diesem Ort vorgehabt hatte, rückte einen Moment lang in den Hintergrund. Nachdem sie ihren Gedanken lange genug hinterhergehangen war, setzte sie ihren Satz fort.
»...ich schon oft spirituelle Sitzungen abgehalten habe, in denen ich übernatürlichen Mächten nahegekommen bin.«
In diesem Moment drehte sich Jessica um und blickte Verena interessiert an.
»Was geht an diesem Ort vor sich?«, fragte sie neugierig.
Mittlerweile hatten sie die Umkleidekabinen durchquert und standen vor dem Glashaus, in dem sich die Kassen befanden. Verena fiel sofort ein Riss im Glas auf, der wie ein Spinnennetz

aussah – mit einem Loch in der Mitte. *Ein Einschussloch*, dachte sie. *Ich muss unbedingt immer auf der Hut sein, denn hier scheinen sich noch mehr Menschen zu befinden.* Die komplette Situation erschien ihr wie ein schier unlösbares Rätsel. Sie konnte sich so viele Dinge nicht erklären. *Warum sind die Polizisten nirgendwo zu sehen? Was ist Milow geschehen – und vor allem wo?* Fragen über Fragen rasten durch ihren Kopf.
»Das ist eine verdammt lange Geschichte. Ich werde euch darüber aufklären, sobald wir uns alle in Sicherheit befinden.«
»Wir könnten doch einfach im Auto bleiben«, meinte Milow. Doch Verena schüttelte entschieden den Kopf.
»Ich muss mir diesen Ort genauer ansehen. Aber erst, wenn der Mann versorgt ist.«

Sie hatten das Auto jetzt endlich erreicht. Esteban hatte es offengelassen, weshalb Jessica auch ohne Schlüssel die Beifahrertür öffnen konnte und ihr Handy genau dort fand, wo sie es zurückgelassen hatte. Sie atmete erleichtert auf. Einen Moment lang hatte sie befürchtet, dass sie es eventuell doch auf dem Weg zum Schwimmbad verloren haben könnte. Sie war froh, dass dies nicht der Fall gewesen war, schaltete es an und machte sich daran, die 911 einzutippen.
»Lasst uns doch erst mal nachsehen, ob der Mann wirklich Hilfe braucht. Es war ja bloß ein Schuss in die Schulter, das heißt, er müsste mittlerweile zumindest wieder bei Bewusstsein sein.«
Jessica war einverstanden und hoffte, dass es vielleicht gar nicht notwendig sein würde, einen Notarzt zu rufen. Sie steckte das Handy in die Hosentasche. Ihr Plan war es, sich sofort auf die Suche nach Esteban zu machen, nachdem mit dem anderen Mann alles geklärt war. Die kühle Nachtluft ließ sie kurz frös-

teln. Die Uhr auf dem Display ihres Handys verriet ihr, dass es kurz nach zweiundzwanzig Uhr war. Draußen war es bereits stockdunkel und um einiges kälter als noch am frühen Abend. Sie hoffte, dass sich alles schnell klären würde, als sie hinter Helen und Milow durch die Glastür ins Innere des Schwimmbades trat. Erst jetzt fiel ihr ein leichtes Surren auf, welches aus einem Lüftungsschacht über ihrem Kopf kam. Als Jessica ihren Blick hob, sah sie, dass das Lüftungsgitter nur lose in der Verankerung hing und in regelmäßigen Abständen gegen den Rahmen prallte. Schon bald ging ihr das leise Klappern, was sie vorher gar nicht wahrgenommen hatte, gewaltig auf die Nerven. Sie vermutete, dass das an der Anspannung lag, die mittlerweile von ihrem gesamten Körper Besitz ergriffen hatte. Die Luft im Eingangsbereich war etwas besser als die im Inneren der Halle, stellte Jessica fest, als sie diese gemeinsam mit Milow und Helen betrat. Außerdem lag jetzt ein Geruch in der Luft, den sie vorher gar nicht bemerkt hatte... es stank nach Verwesung und Blut. Jessica blickte Helen an, diese rümpfte ebenfalls die Nase.
»Was für ein scheußlicher Geruch.«
Sie verzog das Gesicht und fächerte sich mit der Hand etwas Luft zu.
»Irgendwie ist es wärmer geworden, findet ihr nicht auch?«
Jessica nickte, sagte aber nichts. Irgendetwas stimmte hier ganz und gar nicht, und dieser Ort bereitete ihr extremes Unbehagen. Sie wünschte sich, dass sie zurück zum Ford gehen und einfach wegfahren könnte, aber sie wollte nicht ohne Esteban von hier verschwinden. Sie hatte ihr Handy hervorgeholt, und hielt es jetzt in der Hand, während sie den Weg entlangschritt, den sie zuvor bereits genommen hatte. Dabei streifte ihr Blick unaufhörlich durch die Umgebung. Sie erkundete alles ganz genau

und hoffte so, irgendeinen Anhaltspunkt zu finden, der ihr weiterhelfen können würde. Das war jedoch nicht der Fall, und wenig später hatten sie bereits den Fuß der Wendeltreppe erreicht, die hinauf zur Tunnelrutsche führte. Schon von unten konnte Jessica erkennen, dass sich etwas verändert hatte. Sie hörte, wie Helen hinter ihr zischend die Luft ausstieß. Der Mann, der bis vor wenigen Minuten noch angeschossen und verletzt auf den oberen Stufen gelegen hatte, war plötzlich verschwunden.

Eine Spinne krabbelte im gelben Lichtkegel über die Steinwand und verschwand kurz darauf in der Dunkelheit. Es war, als hätte sie niemals existiert. Reinhart schwenkte die Taschenlampe wieter umher und versuchte, sie wiederzufinden, scheiterte jedoch. Sein Blick klarte sich zum Glück mit jeder verstrichenen Sekunde weiter auf, und auch sein Blickfeld lichtete sich und vertrieb die schwere Nebelwolke, die zwischenzeitlich dort Einzug gehalten hatte. Der abgetrennte Kopf vor seinen Füßen war definitiv real, genau wie die Axt, auf der ein dicker Blutfilm klebte. Reinhart wandte sich ab und versuchte, die Situation zu verstehen – er versuchte, all die Puzzleteile, die ihm die Realität gab, zu einem Gesamtbild zusammenzufügen. Dies gelang ihm jedoch nicht, denn das, was er sah, ergab für ihn einfach keinen Sinn. Er konnte das Ganze nur schwer einschätzen, konnte aber erkennen, dass der Kopf jemandem gehörte, der noch etwas jünger als er gewesen war. In ein paar Metern Entfernung entdeckte er jetzt auch den restlichen Körper – dieser befand sich, aufrecht an einer Wand lehnend, am Ende einer dunklen Blutspur. *Als hätte er sich die letzten Meter selbst dorthin bewegt...* Reinhart wusste natürlich, dass dies unmöglich war, und verfluchte sich für diesen verrückten Gedanken. *Habe ich gerade einen Men-*

schen getötet, indem ich ihm mit einer Axt den Kopf abgeschlagen habe? Er schloss die Augen, und versuchte krampfhaft, Erinnerungen an das heraufzubeschwören, was erst vor wenigen Augenblicken hier geschehen sein musste. Doch egal, was er auch tat, alles blieb schwarz vor seinem geistigen Auge. Er blickte an sich hinunter und entdeckte auf seiner Dienstuniform plötzlich einige Spritzer Blut. *Verdammt! Ich muss so schnell wie möglich von hier weg.* Dann fiel ihm wieder ein, was sein eigentliches Ziel gewesen war – er hatte sich von dem Mann namens Arthur, der nun verschwunden war, den Weg zu einem mysteriösen Raum zeigen lassen wollen. *Warum habe ich auch nur auf diesen verfluchten Mistkerl gehört? Er hat sofort die erstbeste Situation zur Flucht genutzt. Ich hätte es ahnen müssen.* Reinhart war klar, dass er sich diesbezüglich grundlegend geirrt hatte. Nachdem er dem Mann Handschellen angelegt hatte, hatte er ihn unterschätzt. *Ein Fehler, der mir als erfahrener Polizist nicht hätte unterlaufen dürfen.* Doch auch als er versuchte, logisch zu überlegen, was wohl genau geschehen sein mochte, kam er nicht zu einer Antwort. Die Schwärze lichtete sich einfach nicht. Je tiefer er in seine Gedankengänge eindringen wollte, desto dunkler wurde es. *Ich muss etwas Schreckliches getan haben.* Er versuchte, den unbekannten Toten irgendwie zu vergessen, und atmete erleichtert auf, als er das vertraute, kalte Metall seiner Waffe durch den Stoff seiner Uniform an seinem Bauch spüren konnte. Er zog sie hervor, entsicherte sie und zielte damit in die Dunkelheit hinein. *Wenigstens bin ich wieder vollständig bei Sinnen.* Er hoffte, dass er nach und nach Klarheit über das erlangen würde, was in den vergangenen Minuten geschehen war. Die letzte Erinnerung, die er hatte, war leider eine, die nur wenig Sinn ergab – vor seinem geistigen

Auge sah er erneut ein Wesen vor sich, tiefschwarz wie die Nacht, das langsam und schlurfend auf ihn zukam. *Hätte es das wirklich gegeben, wäre ich doch jetzt schon längst tot.* Sein Kopf schwirrte allmählich vor lauter Gedanken. *Oder hätte mich verwandelt. Doch vielleicht ist das ja schon passiert?* Die Tatsache, dass er sich so viele Dinge nicht erklären konnte, sprach zumindest dafür – und das jagte ihm eine Heidenangst ein. Er spürte plötzlich eine alles übergreifende Kälte in sich aufkommen, konnte diese aber zum Glück nach wenigen Sekunden abschütteln. Er entschied sich dazu, seinen Weg fortzusetzen, und zwar in die Richtung, aus der er ursprünglich gekommen war. Er konnte sich noch daran erinnern, dass Arthur irgendwann zugegeben hatte, ihn auf eine falsche Fährte geführt zu haben. *Wie hat er eigentlich verschwinden können?* Reinhart verstand das einfach nicht. Er hatte den gefesselten Mann doch die gesamte Zeit über im Auge behalten, solange, bis es irgendwann unübersichtlich geworden war. An diesem Punkt verblasste sein Erinnerungsvermögen, und die nachtschwarze Dunkelheit zog erneut in seinem Kopf auf. Reinhart fluchte innerlich. Während er weiterging, entdeckte er erneut rote Buchstaben an der Wand. Die Farbe wirkte bedrohlich und erinnerte an Blut. *Blut... dunkelrotes, dickflüssiges Blut...* Seine Sinne schweiften ab und er sah plötzlich etwas von dem vor sich, was ihm wenige Augenblicke zuvor passiert sein musste.

Verdammt. Verena hatte bereits befürchtet, dass sich der Mann aus dem Staub gemacht hatte. Sie wusste ja selbst, dass sie ihn nicht schwer verwundet hatte – allerdings hatte es immerhin gereicht, um ihn niederzustrecken. Außerdem fand sie bei näherem Hinsehen ein paar Tropfen Blut auf den dunklen Treppenstufen.

»Was machen wir denn jetzt?«

Milow sprach nun das aus, was ihr und wahrscheinlich auch Jessica die gesamte Zeit über schon im Kopf herumgespukt war.

»Ich muss Esteban suchen«, erklärte Jessica.

»Vielleicht finden wir ja währenddessen auch den anderen Mann. Ich bin mir ziemlich sicher, dass er mit seiner Verletzung nicht so weit gekommen sein kann.«

Verena war da zwar anderer Ansicht, behielt ihre Meinung jedoch für sich. Sie wollte zunächst einmal abwarten, wusste aber, dass sie auf der Hut sein musste, denn der Mann würde sie bestimmt nicht einfach so mit dem, was sie getan hatte, davonkommen lassen. Sie war aber trotzdem der Ansicht, dass es die richtige Entscheidung gewesen war. Sie hatte keine andere Wahl gehabt, als ihm eine Kugel in die Schulter zu verpassen. Während sie an all das dachte, was bisher geschehen war, wünschte sie sich, dass es nicht die Gliedmaßen eines unbekannten Toten waren, die jetzt auf dem Grund des Beckens lagen, sondern die ihres Angreifers. Dieser Umstand hätte ihre aktuelle Situation nämlich um einiges erleichtert. Doch jetzt musste sie eben mit den Gegebenheiten klarkommen, die sie sich selbst geschaffen hatte.

»Okay, auf geht's.«

Verena wollte nicht noch länger ihren Gedanken nachhängen, weil sie genau wusste, dass jetzt nicht der richtige Zeitpunkt dafür war. Sie folgte daher Jessica und Milow, die gerade in Richtung der Saunakabinen gingen.

»Wir sollten unbedingt zusammenbleiben.«

Jessica nickte.

»Das ist auch mein Plan. Allerdings möchte ich euch auch nicht

unnötig in Gefahr bringen.«
Verena musste sich ein Grinsen verkneifen. *Wenn du wüsstest.* Sie fand, dass sie ihre Rolle als alte Dame namens Helen wirklich äußerst gut spielte. Die nassen Fliesen erzeugten bei jedem Schritt ein leises Quietschen. Wenig später hatten die drei den Saunabereich erreicht. Jessica öffnete die Glastür, Milow folgte ihr und Verena trat als Letztes ein. Aus einem Lüftungsschacht an der Decke strömte heiße Luft, die ihr sofort den Schweiß auf die Stirn trieb. Sie senkte ihren Blick zu Boden und versuchte, auf den Holzdielen Spuren auszumachen. Tatsächlich... Sie bückte sich, und betrachtete das, was sie entdeckt hatte, genauer. Als Jessica bemerkte, dass Verena stehen geblieben war, drehte sie sich zu ihr um.
»Hast du etwas Interessantes gefunden?«
»Spuren.«
Sie zeigte auf ein paar Streifen dunkler, feuchter Erde, die sich über den Boden zogen. An einigen Stellen waren sie etwas verwischt, dennoch bestand für Verena kein Zweifel daran, dass vor Kurzem jemand mit dreckigen Schuhen hier entlang gegangen war. Sie verfolgte die Spur mit den Augen und stellte fest, dass sie vor den Türen, die in die letzten beiden Saunakabinen führten, endete. Zu der schlechten Luft mischte sich nun auch noch ein Aufguss, der nach Wald roch. Allerdings war er viel zu stark – der Geruch war nicht mehr angenehm, sondern so beißend penetrant, dass er ihr die Tränen in die Augen trieb. Sie hielt möglichst lange die Luft an und betrachtete währenddessen die beiden Türen näher, die am Ende des Ganges in je eine Kabine führten.
»Esteban?«
Da sie ihn bisher immer noch nicht gefunden hatten, versuchte

es Jessica nun auf die laute Art. Das gefiel Verena allerdings überhaupt nicht, da sie das Gefühl hatte, dass der Mann, den sie eigentlich hatte töten wollen, sie verfolgte. Sie spürte, dass er irgendwo ganz in der Nähe war, hoffte aber, dass sie sich das Ganze nur einbildete. Sie hatte, als sie ihren Wagen in der Seitenstraße hinter dem *Arizona Splash* abgestellt hatte, mit einigem gerechnet. Sie hatte erwartet, viele Polizisten vor Ort vorzufinden – was aber definitiv nicht der Fall gewesen war. Stattdessen hatte sie einen Mann mit einer merkwürdigen Maske getroffen und war auf zwei weitere Menschen gestoßen, die sich ebenfalls nicht an diesem Ort aufhalten sollten. Nichts passte bisher auch nur ansatzweise zusammen.

»Die Spur endet hier«, verkündete Verena schließlich.

Sie betrachtete die beiden Glastüren und entdeckte in der einen mehrere feine Risse, die nicht sofort zu erkennen waren. Sie schlängelten sich über die Scheibe und endeten am oberen Rand, direkt unter dem Holzrahmen.

»Ich glaube, hier war vor kurzer Zeit jemand. Die Abdrücke auf dem Boden... die Risse im Glas... anders kann ich mir das alles nicht erklären.«

»Dann sollten wir nachschauen.«

Jessica stieß vorsichtig die Tür auf, an der Verena immer noch lehnte. Sie verlor daraufhin das Gleichgewicht und kippte nach vorne.

»Oh, das tut mir leid.«

Jessica half ihr wieder auf die Beine. Verena spürte, wie ihre Knie zu schmerzen begannen. *Ich werde tatsächlich immer älter.* Sie zuckte mit den Schultern. *Den Lauf des Lebens kann man nun mal nicht aufhalten. Nicht einmal den Lauf des Schicksals.* Milow ging als Erster in die Kabine und sah sich dort genauer um. Jessica folgte ihm. Sie entdeckten allerdings nichts – wieder waren es Verenas genaue Augen, denen die nächste Ungereimtheit auffiel. Durch ihre Brille nahm sie direkt neben der Saunabank tief ins Holz eingelassen eine Klinke wahr. Sie ging ein paar Schritte nach vorne und öffnete behutsam die Tür, die nicht fest im Schloss saß, sondern nur angelehnt war. Es war fast so, als wäre erst vor kurzer Zeit jemand hindurch gegangen. Als sie die Stahltreppe betrachtete, deren Stufen von Blut überzogen waren und die in die tiefschwarze Dunkelheit unter ihnen führte, wurde ihr gesamter Körper von einem Kribbeln eingenommen.

26

Es war so dunkel, dass es ihm schwerfiel, sich zu orientieren. Neben sich vernahm er die Anwesenheit seines Gefangenen, denn die Handschellen erzeugten ein leises Klirren, dessen Echo von den Wänden widerhallte. Er war so angespannt und aufgeregt, dass er das Gefühl hatte, sein Herz schlagen hören zu können. Das Blut rauschte mit der Geschwindigkeit eines Intercitys durch seinen Körper. Die Buchstaben aus roter Sprühfarbe, die überall an den Wänden prangten, leuchteten förmlich. Tief in seinem Inneren beschlich ihn das Gefühl, dass sie sich gerade inmitten eines verbotenen, abgetrennten Bereiches befanden. Der Mann namens Arthur gab die ganze Zeit über kein einziges Geräusch von sich und führte ihn nur stumm durch die Dunkelheit, die lediglich vom gelben Lichtkegel der Taschenlampe erhellt wurde. Plötzlich sah er etwas... zunächst nur aus dem Augenwinkel, dann stetig größer werdend. Sein Mund wurde trocken und sein Puls schoss noch weiter die Höhe. Sie befanden sich nun an einer Gabelung. Hier zweigten Gänge in drei verschiedene Richtungen ab. Er fragte den Mann gar nicht erst wohin sie gehen sollten, sondern folgte ihm einfach nur – immer weiter hinein in die Untiefen des Kellerganges. Genau in die Richtung, in die ihn auch sein Gefühl leitete. Überall an den Wänden entdeckte er Blutspuren. Sie zogen sich teilweise über mehrere Meter hinweg und schienen immer dicker und zahlreicher zu werden, je weiter sie sich in die Tiefe wagten. Wie viele Menschen hier wohl schon ihr Leben verloren haben? Er konnte sich die Frage nicht beantworten. Das alles hier erinnerte ihn schmerzhaft an das, was ihn Nacht für

Nacht aufweckte. Das, wovon er träumte. War es vielleicht eine unerfüllte Sehnsucht? Er wusste es nicht und hätte nie im Leben damit gerechnet, nach seiner Versetzung nach Arizona erneut mit paranormalen Dingen konfrontiert zu werden. Doch jetzt, wo er sich wieder mittendrin befand, wurde ihm bewusst, dass dies hier seine Berufung war. Er war wie paralysiert, fühlte sich aber zum ersten Mal seit langer Zeit gut. Es war nun mal seine Lebensaufgabe geworden und er stand kurz davor, sie zu lösen – auf welche Art und Weise auch immer. Sein Blick verschwamm plötzlich und somit verlor er auch den Kontakt zu Arthur. Er tastete sich in der Dunkelheit voran und fand ihn schließlich – streifte dabei jedoch unabsichtlich die Schusswunde an der Hand seines Gefangenen.
»Wie weit ist es denn noch bis zu diesem Raum?«
»Ich fürchte, wir haben uns verlaufen.«
Reinhart schlug die Mündung der Waffe gegen die Stirn des Mannes und geriet währenddessen in Versuchung, den Abzug zu betätigen. Doch er tat es nicht, denn er hatte das Gefühl, dass er ihn noch brauchte.
»Verdammt noch mal, wo müssen wir lang?«
Mittlerweile löste sich seine Anspannung und er wurde erneut wütend auf den Mann. Reinhart sah die gähnende Leere vor sich. Er blickte sich um und ließ Arthur für einen Moment aus den Augen. Es waren nur ein paar Sekunden, doch die reichten für das, was nun geschah, vollkommen aus. Arthur setzte einen Überraschungsangriff, hob sein Knie und rammte es Reinhart in den Rücken. Dieser verlor daraufhin das Gleichgewicht und spürte, wie er mit seinen Handflächen über den kiesbedeckten Boden schrammte. Die frischen Wunden fingen sofort an, leicht zu bluten, während dem in Handschellen gelegten Mann die

Flucht gelang.

»*Bleib stehen!*«

Obwohl Reinhart wusste, dass seine Worte keine Wirkung zeigen würden, sprach er sie dennoch aus. Bald schon konnte er den Mann nicht mehr sehen, denn er war aus dem Lichtkegel seiner Taschenlampe verschwunden und befand sich auch außer Hörweite. Verärgert stand Reinhart auf, klopfte sich den Kies von der Hose und nahm in einiger Entfernung eine dunkle Kontur wahr. Sie sah aus wie... eine Axt? *Verwundert wagte sich Reinhart in die Richtung und sah, dass er mit seiner Vermutung goldrichtig gelegen hatte. Der helle Stiel warf einen Schatten an die dunkle Steinwand, die von der Taschenlampe in ein gelbes Licht getaucht wurde. Die stählerne Schneide glänzte und wirkte extrem bedrohlich in der Finsternis des unterirdischen Ganges. Reinhart nahm den Stiel in die Hand und hörte plötzlich leise, sich nähernde Stimmen. Er drehte sich in die Richtung, aus der die Stimmen gekommen waren, schallend, fast wie ein ewig währendes Echo. Schlurfende Schritte mischten sich unter die geflüsterten Worte und füllten bald schon den tunnelartigen Gang aus. Kurze Zeit später konnte Reinhart verstehen, was gesprochen wurde.*

»*Lass uns zurückgehen.*«

Es war die Stimme eines Jungen, und sie klang fast schon ängstlich. Reinhart spürte das Blut in seinem Körper förmlich kochen.

»*Beruhige dich, Pete. Was ist schon dabei, ein bisschen hier herumzustreunern? Wir fahren ja gleich wieder nach Hause.*«

Reinhart ging weiter in die Richtung, in der er die Stimmen gehört hatte. Schon bald konnte er die Silhouetten der beiden Jungen im Lichtkegel sehen. Sie waren verschwitzt, viel mehr konn-

te er jedoch nicht erkennen. Einer war einen bisschen größer als der andere, doch vom Körperbau her ähnelten sie sich. Während Reinhart ihnen weiter entgegenging und beobachtete, wie ihre Körper erstarrten, als sie ihn wahrnahmen, hörte er hinter sich ein weiteres Geräusch. Die schlurfenden Schritte kamen bestimmt nicht von den Jungen, sie waren aus den Tiefen der Dunkelheit erklungen – von Kreaturen, die nur dort lebten... und töteten. Mit jeder Sekunde, die verstrich, wurden es immer mehr. Bald schon waren es unzählige. Doch die Panik, die die Jungen jetzt ausstrahlten, verspürte Charles Reinhart nicht. Ganz im Gegensatz, er fühlte sich seltsam sicher. Er nahm die Axt in seine rechte Hand und betrachtete die blutverschmierte Schneide.
»Milow, komm. Wir sollten von hier verschwinden.«
Der Junge namens Milow schien zumindest ein wenig gelassener zu sein als der andere. Er wagte sich ein paar Schritte nach vorne und sah Reinhart mit forschendem Blick an.
»Was machen Sie denn hier? Sind Sie Polizist?«
Im Schein der Taschenlampe war seine blaue Uniform gut zu sehen. Reinhart wusste nicht, was er antworten sollte. Es kam ihm so vor, als stünde er unter irgendeinem Bann und er hatte keine Ahnung, wie er diesen brechen konnte.
»Milow, komm jetzt bitte. Das Ding... es hat eine Axt in der Hand!«
Milow winkte ab.
»Er ist doch Polizist. Oder?«
Reinhart hatte die Frage zwar immer noch nicht beantwortet, doch der Junge hatte auch so die richtigen Schlüsse gezogen. Das war allerdings auch nicht besonders schwer gewesen.
»Bist du verrückt? Das ist doch kein Mensch!«

»Pete!«
»An der Axt klebt Blut!«
»Oh. Du hast recht. Was ist das?«
Nun mischte sich in die Stimme von Milow ebenfalls Anspannung und auch Angst. Reinhart spürte, wie ihm genau diese Angst ein dämonisches Grinsen auf das Gesicht zauberte. Die Worte von Milow drangen nicht zu ihm durch. Für ihn war in diesem Moment alles logisch. Hatte er sich verwandelt? Hatte ein Dämon von seinem Körper Besitz ergriffen... oder war das alles nur ein böser Traum? Es war ihm egal. Dieser Ort hatte ihn vollkommen eingenommen. Er konnte deshalb nichts gegen das unternehmen, was als Nächstes geschah. Milow hatte sich in der Zwischenzeit umgedreht und seinen Freund Pete mit einem fragenden Blick gestraft. Daraufhin war Pete ein paar Schritte nähergekommen – so nah, dass er sich nun in der Reichweite von Reinhart befand. Reinhart hatte keine Kontrolle mehr über seinen Körper. Seine Arme zuckten, als würden sie von irgendeinem fernen Impuls gesteuert werden. Er schwang den Stiel der Axt durch die Luft, und Milow schrie panisch auf, als sich die Schneide in Petes Hals bohrte und dessen Kopf mit einem Hieb vom Körper getrennt wurde. Einen Moment lang stand Milow einfach nur da. Es kam Reinhart so vor, als würde der Junge unter Schockstarre stehen. Dann rannte er einfach los. Reinhart beobachtete ihn und ließ die Axt fallen. Das Geräusch, was die stählerne Schneide beim Aufprall auf den Steinboden erzeugte, hallte ohrenbetäubend laut im Gang wider. Bereits wenige Sekunden später war von Milow nichts mehr zu sehen oder zu hören. Reinhart brach in die Richtung auf, in die der Junge gelaufen war, in der Hoffnung, dort etwas Neues zu entdecken. Auch hier waren die Wände wieder über und über

mit Blut beschmiert. Das nahm er jedoch nur im Lichtkegel der Taschenlampe wahr, denn die tiefschwarze Dunkelheit um ihn herum verschluckte fast alles. Kleine Kiesel unter seinen Schuhen erzeugten ein lautes Kratzen, welches nun ebenfalls den gesamten Gang erfüllte. Wenige Augenblicke später konnte Reinhart in der Ferne einen hellen Lichtstreifen ausmachen. Dieser wurde jedoch nicht von einer Taschenlampe erzeugt, sondern hatte einen weißlichen Farbton. Außerdem sah es aus der Ferne so aus, als würde das Licht unter einer Tür hervorscheinen. Vage Erinnerungsfetzen erschienen nun in Reinharts Kopf. Er musste unwillkürlich an das denken, was der verschwundene Arthur ihm erzählt hatte. Ein mysteriöser Raum. *Sein Blick verschwamm mehr und mehr; er hatte weiterhin nicht die komplette Kontrolle über sich selbst und hatte keine Ahnung, wann dieser Zustand aufhören würde. Er musste sich wohl damit abfinden. Selbst der Gedanke daran, dass er gerade einen Jungen geköpft hatte, ließ ihn vollkommen kalt. Es interessierte ihn einfach nicht. Das Licht wurde nun immer heller. Bald war es so grell, dass er seine Taschenlampe ausschalten und sie wieder an seinen Gürtel klemmen konnte. Es fühlte sich fast so an, als würde er durch einen von Tageslicht erhellten Raum schreiten. An den Wänden war jetzt kein Blut mehr zu sehen, nur der Buchstabe „A" prangte weiterhin wie ein markantes Merkmal überall. Es dauerte noch ein paar Sekunden, bis Reinhart vor der Tür stand, unter der das Licht hervorquoll. Er musste nicht lange überlegen, er öffnete sie einfach. Um überhaupt etwas sehen zu können, musste er seine Augen mit der Hand abschirmen. Nachdem er sich etwas an das gleißende, weiße Licht gewöhnt hatte, sah er sich aufmerksam in dem Raum um, der hinter der dicken Stahltür lag. Der Boden unter seinen Füßen war aus feinstem Marmor. Direkt vor sich entdeckte er ein Bärenfell als Teppich, dahinter sah er einen Schaukelstuhl aus Holz, der leicht hin und her wippte. Reinhart fragte sich, ob dies durch den Wind, den er beim Öffnen der Stahltür erzeugt hatte, geschehen war. Im selben Augenblick fiel die Tür ins Schloss und erzeugte einen lauten Knall. Doch all das kümmerte ihn nicht. Er hatte die Quelle des hellen Lichtes entdeckt – es handelte sich um eine enorm große Glaskugel. Reinhart betrachtete sie näher. Aus der oberen Öffnung strömte Licht in den Raum und flutete diesen mit Helligkeit. An den Wänden befanden sich prunkvolle Kerzenhalter, und direkt darunter mehrere Holzregale, die mit einer feinen Staubschicht überzogen waren. Rechts an der Wand sah er plötzlich mehrere abgetrennte Köpfe. Die blutigen Stümpfe waren größtenteils schon getrocknet, doch einer von ihnen sah relativ frisch aus und war in goldene Ketten gelegt. Die Augen des Mannes sahen ihn ausdruckslos an und sein Mund stand weit offen. Reinhart hatte ihn noch nie zuvor in seinem Leben gesehen, weshalb ihn dieser Anblick vollkommen kalt ließ. Er wandte sich ab und glitt mit seinen Füßen über die kalten Marmorfliesen. Sie waren an manchen Stellen extrem rutschig, und als er sie näher betrachtete, entdeckte er feine Blutspuren darauf. Er befand sich jetzt direkt hinter der Glaskugel und entdeckte an der gegenüberliegenden Wand einen Kristallglas-Spiegel. Der Rahmen sah äußerst edel aus und die blauen Kristalle, mit denen er verziert war, glänzten im hellen Licht. Reinhart blickte in den Spiegel, sah aber statt sich selbst plötzlich eine furchtbare Gestalt vor sich. Die Haut war schwarz wie Kohle, die Augen gelb wie Schwefel. Er sah aus wie ein Monster. Als er die Augen kurz schloss und sie dann wieder öffnete, war er wieder in seiner Dienstuniform zu sehen*

– das Bild, das der Spiegel eigentlich sofort hätte zeigen müssen. Er konnte mittlerweile nur noch schwerlich zwischen den Dingen, die er sich einbildete und den Dingen, die tatsächlich geschahen, differenzieren – was seine Situation noch ein Stück weit gefährlicher gestaltete, als sie es sowieso schon war. Er blickte noch ein paar Sekunden in den Spiegel, konnte aber auch so schon wahrnehmen, was direkt hinter ihm passierte. Aus dem weißen Licht formte sich eine dunkle Silhouette. Reinhart beobachtete den Prozess fasziniert. Die Kontur war nur etwa einen halben Meter groß. Die Füße brannten sich fast in den Marmorboden ein und erzeugten dort feine Schnittspuren. Krallen schossen daraus hervor und es bildeten sich tiefschwarze Hörner an der Oberseite des dunklen Kopfes. Die Kreatur schoss nun in die Höhe und schlurfte kurz darauf durch den Raum, ehe sie ihn durch die Stahltür, die nur lose im Schloss lag und einfach zu öffnen war, verließ. Das Schauspiel wiederholte sich wenig später noch einmal. Weißer Rauch waberte hervor und schwebte kurze Zeit durch die Luft, bevor er sich um Reinhart legte und seine Sinne noch weiter vernebelte. Irgendwann setzte er seine Erkundungstour durch den seltsamen Raum fort. Er passierte weitere Regale und fand sich schließlich direkt neben der Stahltür wieder, durch die er hereingekommen war. An der Wand entdeckte er jetzt außerdem einen kleinen Gitterkäfig, der auf einem Hocker stand. Unter einer Wärmelampe tummelten sich fünf Skorpione – ihre Stachel glänzten bedrohlich in dem roten Licht. Reinhart öffnete die Käfigtür und sah, wie sich die Tiere sofort angriffslustig in seine Richtung bewegten. Als sich der Stachel eines Tieres in seine Haut bohrte und der Skorpion sein Gift in Reinharts Körper pumpte, wurde sein Blick plötzlich wieder klarer. Er befand sich

nun wieder vollständig in der Realität, und schrie schmerzverzerrt auf, als sich die Wirkung des Giftes langsam in seinem Körper entfaltete.

27

»Ich muss alleine dort hinunter gehen.«
Jessica blickte erst Milow und dann Helen an. Der Gesichtsausdruck des Jungen hatte sich beim Anblick des dunklen Ganges in pure Angst verwandelt. Helen hingegen blickte fast gleichgültig in die Schwärze, wirkte jedoch fest entschlossen, mitzukommen.
»Auf gar keinen Fall.«
Die Worte, die die ältere Dame jetzt sprach, bestätigten Jessicas Vermutung. Doch sie hatte einfach nicht mehr die Kraft, dem etwas entgegenzusetzen, weshalb sie das Ganze einfach nickend zur Kenntnis nahm. Sie wandte sich nun an Milow.
»Ich kann dich vorher schnell zum Auto bringen.«
»Nein. Ich möchte nicht allein dort sein.«
Er griff nach ihrer Hand, und sie ließ es geschehen. Sofort fühlte sie sich etwas besser.
»Okay, dann mal los. Passt gut auf euch auf.«

Aaron hätte nicht gedacht, dass es so einfach werden würde. Der Gedanke an das, was zuvor geschehen war, entlockte ihm unwillkürlich ein leichtes Grinsen. Nachdem die Frau, die ihn angeschossen hatte, gemeinsam mit der anderen Frau geflüchtet war, hatte er noch zwei Minuten gewartet, ehe er sich aufgerafft hatte. Der stechende Schmerz in seiner Schulter und der Blutverlust, den er erlitten hatte, waren zwar nervig gewesen, doch er hatte seine Mission dennoch nicht aus dem Fokus verloren und es so geschafft, seinen Weg in Richtung des Kellerganges anzutreten. Der Schuss, den die Frau abgefeuert hatte, hatte ihn zum Glück nur gestreift. Wenn er genauer darüber nachdachte, konnte er sein Glück kaum fassen. Da er jedoch an Schicksal glaubte, vermutete er, dass alles hier nach einem festgelegten Plan geschah. Seine Mission war noch nicht beendet, also musste er zwangsläufig überleben, damit er weiter handeln konnte. Wenige Sekunden lang ließ er das, was geschehen war, noch einmal Revue passieren. Er hatte den Weg durch die Sauna gewählt und alle Kabinen gründlich kontrolliert. Er hatte allerdings nicht wirklich damit gerechnet, dass er auf jemanden treffen würde. Die einzige Möglichkeit, die er überhaupt ins Auge gefasst hatte, war der Polizist. Allerdings erschien es ihm am plausibelsten, dass Arthur diesen bereits ausgeschaltet hatte. Von beiden gab es nämlich bislang keine Spur. Stattdessen war plötzlich dieser unbekannte Mann da gewesen, dessen Anwesenheit ihm Sorgen bereitet hatte. Aaron konnte sich glücklich schätzen, dass er das hauchdünne Stahlseil an einem Haken in der ersten Saunakabine platziert hatte. Er hatte die Schlinge sofort um den Hals des Mannes, dessen Aussehen mexikanisch gewirkt hatte, gezogen. Warmes, dickflüssiges Blut war daraufhin auf Aarons Hals gespritzt und der Kopf war mit einem dumpfen Knall auf dem Boden gelandet. Direkt danach hatte er den Torso unter die Saunabank gestopft, denn dort würde ihn so schnell niemand finden, der nicht explizit auf der Suche danach war. Die Blutspuren hatte er mit etwas Wasser verschwinden lassen, wobei ein paar Spuren übriggeblieben waren, doch kaum so viel, dass es irgendjemandem auffallen würde. Aber weitere Reinigungsarbeiten hätten viel zu viel seiner Zeit in Anspruch genommen, und das konnte er sich momentan nicht leisten. Mit dem Kopf in der Hand war er in den Raum mit der Glaskugel getreten und hatte ihn dort neben die zahlreichen anderen

Köpfe gehängt und mit einer goldenen Kette verziert. Er war zufrieden mit seinem Werk. Im hellen Licht betrachtete er die vor Schock weit aufgerissenen Augen und fühlte sich seltsam positiv gestimmt. Er hatte den Raum allerdings schnell wieder verlassen, denn wenn ein Mann hier unterwegs war, dann war die Wahrscheinlichkeit relativ hoch, dass sich noch andere Personen im Gebäudekomplex befanden. Aaron strich sanft mit seinem Zeigefinger über die Schneide der Axt, die er aus dem Raum mitgenommen hatte. Sein Herz schlug immer schneller und sein warmer Atem staute sich unter seiner Maske. Er hatte das Gefühl, dass in Kürze ein großes Blutbad stattfinden würde, und schwang den Stiel der Axt symbolisch durch die Luft. Ja, heute würde seine Blutrünstigkeit ein neues Level erreichen und alles, was er bisher getan hatte, würde im Schatten der kommenden Dinge verblassen.

28

Reinhart taumelte aus dem Raum heraus und sah vor sich die Stahltür ins Schloss fallen. Erneut spürte er, wie seine Sinne schwanden und sich sein Blickfeld vernebelte. Dieses Mal wusste er jedoch, dass der Auslöser nicht das Trauma war, was er in seiner tiefsten Seele noch nicht verarbeitet hatte, sondern der Stich des Skorpions. Das Gift war bereits in seine Blutbahn gelangt, dessen war er sich sicher. Wenige Sekunden später verspürte er eine enorme Übelkeit, die sich schließlich schlagartig entlud. Er erbrach sich gegen die dunkle Steinwand und sank daran zu Boden. Der beißende Geruch des Erbrochenen erfüllte die Luft und setzte auch im Gang fest. Reinhart versuchte, ruhig und langsam ein- und auszuatmen, spürte jedoch, wie etwas von Innen gegen seine Lunge drückte. Er wischte sich einen dicken Schweißfilm von der Stirn und rutschte ein paar Meter von der Stelle weg, an der er seinen Magen entleert hatte. Er fühlte sich unfassbar schwach und war kaum in der Lage, aufzustehen und seinen Weg fortzusetzen. Dennoch schaffte er es irgendwie, gegen das Delirium anzukämpfen. Er stützte sich mühsam an der Steinwand ab und zog sich daran hoch. Es war ein Kraftakt, doch er war notwendig, denn er wusste, dass er es sich nicht leisten konnte, das Bewusstsein zu verlieren. Mit hoher Wahrscheinlichkeit waren Aaron und Arthur irgendwo in der Nähe, und er konnte sich nicht vorstellen, dass sie ihn aufgrund seines Zustandes verschonen würden. Dazu hatte jeder von ihnen einfach schon zu viele schlimme Dinge getan. Sie würden garantiert nicht mal mit der Wimper zucken, bevor sie ihn brutal abschlachten würden, und dass er Arthur Handschellen angelegt hatte, machte die Sache bestimmt auch nicht besser. Wenn der Mann schlau war, dann würde er das Überraschungsmoment gekonnt einsetzen – und die Tatsache, dass er Handschellen trug, würde ihn wenig bis gar nicht behindern. Er schleppte sich weiter vorwärts, in die Richtung, aus der die beiden Jungen gekommen waren. *In meinem Wahn habe ich einen von ihnen getötet.* Das war die Sache, mit der Reinhart immer noch nicht klarkam. Er hatte einem Kind brutal den Kopf abgeschlagen. Der andere Junge würde diese Bilder ein Leben lang mit sich herumtragen. Er wusste, dass er das Ganze nicht mehr rückgängig machen konnte, was die Sache noch verschlimmerte. Mit einem schlechten Gefühl im Bauch, einer weiteren, aufkommenden Welle von Übelkeit und schwindenden Sinnen wagte er sich schließlich weiter voran. Jeder Schritt fühlte sich schlechter an als der vorige, und es kam ihm so vor, als würden seine Knochen jede Sekunde zu Stein werden. Das helle Licht hinter ihm wurde nun immer schwächer und verschwand bald komplett. Er hatte jetzt nur noch sich und seine immer weiter schwindenden Sinne. Sein Fuß stieß ein paar Sekunden später plötzlich gegen etwas Hartes, und nachdem er sich die kommenden Meter vorsichtig weiter voran getastet hatte, entdeckte er eine Treppe vor sich. Trotz seines schlechten Zustandes durchströmte ihn ein Gefühl der Erleichterung. Er hielt einen Moment lang inne und mobilisierte dann noch einmal all seine Kräfte. Die Treppe endete nach etwa zwölf Stufen. Er tastete sich an der Wand entlang und fand irgendwann einen Türgriff. Seine Beine fühlten sich wie Gummi an und sein gesamter Körper zitterte, als er sich mit seinem vollen Gewicht gegen das Holz stemmte und die Tür öffnete. Er fiel prompt nach vorne, prallte mit den Ellenbogen auf den harten Boden und schrie vor Schmerz auf. Doch bereits wenige Sekunden später war ihm das alles vollkommen egal. Mit voller Wucht knallte er die Tür hinter sich zu, woraufhin Geräusch laut durch die Eingangshalle des Schwimmbades hallte.

»Warum bist du eigentlich hier?«, fragte Verena Jessica, da ihr diese Frage schon die letzten Minuten im Kopf herumgespukt war.
Sie wusste nur, dass sie sich auf der Suche nach einem Mann befand, der mit ihr gemeinsam hierhergekommen war. Weshalb das jedoch so war, entzog sich Verenas Kenntnis.
»Esteban und ich kennen die beiden Vermissten, von denen Sie bestimmt in der Zeitung gelesen haben. Nelson und Amy.«
Verena nickte. Ihr fiel auf, dass Jessica sie mal mit Du und mal mit Sie ansprach. Es störte sie zwar nicht weiter, doch sie fand es etwas merkwürdig.
»Du kannst mich ruhig duzen«, sagte sie deshalb.
Jessica lächelte schwach. Die Anspannung, die sie verspürte, stand ihr ins Gesicht geschrieben.
»In Ordnung. Du hast also bestimmt von den hier Verschwundenen gelesen, oder?«
»Ja, natürlich.«
Verena nickte und dachte wieder an den Mann, dessen kopflose Leiche sie direkt vor der Tunnelrutsche gefunden hatte. *Er war dunkelhäutig gewesen.* Mehr hatte sie nicht erkennen können, und sie wusste, dass das wenig hilfreich war, da sein Kopf gefehlt hatte. Sie wollte deshalb abwarten und ihr vielleicht später davon erzählen. *Es würde schließlich merkwürdig klingen, wenn ich ihr erzählen würde, was ich mit den Gliedmaßen angestellt habe. Außerdem ist Milow in der Nähe, für seine Ohren*

ist das, was ich zu erzählen habe, bestimmt nicht geeignet. Bei einigen, wenigen Momenten spürte Verena ihre Menschlichkeit wieder durchkommen. Sie wusste, dass dies gefährlich sein konnte, aber sie hatte sowieso nicht vor Jessica und Milow zu töten. Die beiden hatten ihr schließlich nichts getan und waren nur Leidtragende dieser ganzen Geschehnisse. Auf eine gewisse Art und Weise fühlte sie sich sogar durch das gemeinsame Schicksal mit den beiden verbunden und hoffte, dass dieser Umstand sie nicht irgendwann schwächen würde.
»Grausam, was für Dinge sich heutzutage zutragen. Hoffen wir, dass wir deine Freunde finden.«
Sie erntete ein Nicken von Jessica und hoffte, dass das Thema damit erst einmal beendet war. Sie hatte schließlich alles erfahren, was sie wissen wollte, und jedes weitere Wort würde sie nur unnötig in Verlegenheit bringen. Das Licht wurde nun immer schwächer, verschwand aber zum Glück nie komplett. Der Übergang war nahezu fließend. Plötzlich sah sie eine weiße, gleißende Lichtquelle. Nicht so grell, dass es blendete, aber schon eine erhebliche Menge. Verena schirmte sich mit der rechten Hand die Augen ab und blickte in die Richtung, aus der das Licht kam.
»Kommt mit.«
Sie drängte sich an Jessica vorbei und gab ihr und Milow damit den Weg vor. Irgendwie hatte sie das Gefühl, dass dies die richtige Richtung war. Den restlichen Weg konnten sie beinahe problemlos bewältigen. Verena ließ ihren Blick umherschweifen und entdeckten an der Wand einige blutverschmierte Stellen. Sie behielt es jedoch für sich, denn Jessica war momentan viel zu fokussiert auf das, was vor ihnen lag, und Milow wollte sie nicht weiter verunsichern. Wenige Minuten später hatten sie die

Tür erreicht. Der dicke Stahl wies einige Kratzer auf. Gerade, als Verena die Tür öffnen wollte, vernahm sie eine leise Stimme aus dem Inneren.

Mit langsamen und leisen Schritten, fast wie ein Tier auf der Jagd, bewegte sich Aaron anmutig durch das leere Schwimmbad. Im oberen Teil schien sich niemand aufzuhalten... falls doch, dann hatte sich derjenige auf jeden Fall gut versteckt. Aaron setzte sich kurz neben das Becken vor der Rutsche und entdeckte dabei die Gliedmaßen des Toten auf dem Beckengrund. Der Anblick löste eine unbeschreibliche Wut auf die alte Frau in ihm aus – im selben Moment flammte auch der Schmerz seiner Schusswunde in der Schulter wieder auf und lähmte seine Gedanken. *Sie muss unbedingt sterben!* Dessen war er sich so sicher wie vermutlich noch nie zuvor bei etwas in seinem Leben. Wer sich mit ihm anlegen wollte, würde die volle Portion Schmerz zu spüren bekommen. Von einer älteren Frau ließ er sich bestimmt nicht das Handwerk legen. Er dachte darüber nach, welche Art von Tod er sich für sie wünschen würde. Seine Gedanken schweiften jedoch immer weiter ab, weshalb er wieder aufstand. Er hatte seine Maske für einen Moment abgelegt und sie ausgewaschen, doch nun zog er sie wieder an. Die Mischung aus Chlorwasser und Blut roch absolut scheußlich, doch er schaffte es nach wenigen Sekunden, den Gestank zu ignorieren. Die Axt in seiner Hand fühlte sich mit jedem weiteren Schritt besser an. Er hatte kein direktes Ziel vor Augen, wusste aber, dass er die unterirdischen Gänge unbedingt nach der Frau absuchen musste. Außerdem hatten sie ja noch eine Gefangene gehabt, von der weiterhin jede Spur fehlte. Ihm war der Name entfallen, und auch als er länger darüber nachdachte, fiel ihm

dieser einfach nicht ein. Er schüttelte den Kopf. *Namen sind vollkommen unwichtig. Sie drücken nichts aus.* Ihm und seiner Axt war es egal, wessen Blut irgendwann an der Schneide klebte. Gedankenverloren schlich er über die Dielen des Saunabereichs. Der Aufguss neigte sich offenbar dem Ende entgegen, und auch das war symbolisch für seine Mission. Er war kurz davor, alles zu beenden. Die Glastür der letzten Saunakabine stand sperrangelweit offen. Er wagte sich nach vorne und drückte wenig später die Holztür im Inneren auf, deren Umrisse in der Saunakabine nur schlecht zu erkennen waren. Das Einzige, was sie verriet, war die Klinke in den Brettern. Aaron wusste, dass dies ursprünglich eine Art Lagerraum hatte werden sollen. Bei dem Gedanken daran musste er grinsen. *Das kann doch direkt wieder abgerissen werden.* Er schlug die Axt ins Holz – einfach nur, weil ihm danach war. Die Bretter zersplitterten und er hatte den Eingang schon bald darauf freigelegt. Plötzlich hörte er jedoch Schritte aus der Dunkelheit, die schnell immer näherkamen. Er hielt die Axt daraufhin auf Kopfhöhe, und war kurz davor, den Schlag auszuführen, als er plötzlich Arthur ausmachte. Seine Haare klebten ihm an der Stirn und sein Gesichtsausdruck wirkte abgehetzt. Er trug seine Maske nicht mehr und atmete so schwer, als wäre er gerade mehrere Meilen gelaufen.
»Was ist passiert?«, fragte Aarons dröhnend durch seine Maske. Arthur sammelte sich kurz und antwortete dann.
»Es gab Probleme.«
Aaron zog nur stumm eine Augenbraue hoch, doch dann wurde ihm bewusst, dass Arthur das nicht sehen konnte, also sprach er weiter.
»Was für Probleme?«
»Der Cop hat mich gefangen genommen, doch dann konnte ich

ihm irgendwie entkommen und jetzt bin ich hier. Kannst du mir bitte helfen?«

Arthur streckte seine Hände in die Luft und Aaron sah, dass er mit Handschellen gefesselt war. Innerlich schlug er sich eine Hand vor den Kopf und fragte sich, was Arthur gemacht hatte, dass die Situation so außer Kontrolle geraten war.

»Bist du verletzt?«

Aaron entdeckte daraufhin eine Schusswunde an Arthurs Hand. Der Blutfluss war zwar schon versiegt, trotzdem sah die Wunde ziemlich schmerzhaft aus.

»Ein präziser Schuss aus weiter Entfernung«, murmelte Arthur.

»So hat er es auch geschafft, mich gefangen zu nehmen. Ich habe mich in dem Moment einfach nicht wehren können.«

»In welche Richtung ist er denn gegangen?«

»Ich weiß es nicht. Ich bin irgendwann weggelaufen, denn mit Handschellen waren meine Chancen bei einem Kampf gegen einen bewaffneten Cop nicht wirklich hoch. Kannst du mir die Dinger endlich abnehmen?«

Aaron wusste genau, was er zu tun hatte. Er versuchte, möglichst vorsichtig zu Werke zu gehen, und nahm auch genug Abstand von Arthurs verletzter Hand. Es dauerte ein paar Sekunden, bis die Schellen nachgaben, leise klickten und aufgingen.

»Danke.«

»Wir müssen jetzt weiter. Denkst du, dort unten halten sich noch mehr Leute auf?«

»Ich habe immer wieder Stimmen gehört. Sie klangen zwar ziemlich weit entfernt, aber sie existierten. Ich bin mir sicher, dass wir bei einer gründlichen Suche auf weitere Personen stoßen werden.«

Aaron wühlte in seinen Taschen herum und reichte Arthur ein

Messer mit einer scharfen Klinge.
»Komm, wir sollten uns vorbereiten.«
Langsam stiegen sie die rutschigen Treppenstufen hinab und wagten sich tiefer in den dunklen Kellergang.

29

Es dauerte einige Zeit, bis der Schmerz langsam abebbte. Reinhart fühlte sich zwar immer noch schummrig, war nun aber wenigstens in der Lage, sich zu bewegen. Er musste es unbedingt zum Auto schaffen, denn im Kofferraum hatte er einen Verbandskasten deponiert, den er dringend brauchte. Er musste die Wunde irgendwie desinfizieren, etwas anderes konnte er zu diesem Zeitpunkt nicht dagegen unternehmen. Das Gift war sowieso bereits in seine Blutbahn gelangt und hatte seine Wirkung längst entfaltet. Die erste Schmerzwelle war Gott sei Dank vorbei, doch Reinhart wusste, dass das wahrscheinlich noch längst nicht alles war. Er verfluchte sich dafür, dass er nicht besser aufgepasst hatte. Als er sich wieder einigermaßen beruhigt hatte, dachte er über das nach, was er in dem Raum mit der Glaskugel gesehen hatte. Die Wand mit den Köpfen hatte ausgesehen wie der Schrein eines Massenmörders, und er war sich sicher, dass er es bei den Leuten mit den Masken genau mit solchen zu tun hatte. Alles in ihm sträubte sich dagegen, doch er wusste, dass er erneut in die Halle gehen musste. Er musste diese beiden Psychopathen umbringen, etwas anderes blieb ihm nicht übrig. Sein Zustand war allerdings nicht der beste, und ihm war klar, dass jeder kleine Fehler seinerseits schlimme Folgen haben konnte. *Wenn ich einmal nicht richtig aufpasse... dann ist es das gewesen.* Vor seinem inneren Auge sah er bereits seinen eigenen Kopf, in goldene Ketten gewickelt, an der Wand hängen. Fakt war auf jeden Fall, dass das Verschwinden von Amy Higgins und Nelson Santos vermutlich niemals aufgeklärt werden würde, wenn er starb. Es würden Kollegen aus anderen

Städten hierherkommen und all das herausfinden, was er bereits wusste. Dann würden auch sie das Zeitliche segnen, da sie nichts ahnend in eine Falle laufen würden. Das wollte Reinhart auf alle Fälle verhindern. Es brauchte allerdings einiges an Motivation, bis er seine Entscheidung gefasst hatte – eine Entscheidung, von der er hoffte, dass es die Richtige war. Er hatte sein Auto nun endlich erreicht und atmete einen Moment lang die kühle Nachtluft ein. Sie tat ihm so gut, dass sogar seine Kopfschmerzen etwas reduziert wurden. Außerdem fühlte sich die frische Luft einfach herrlich an. Sie vertrieb all das, was Reinhart in den letzten Stunden gesehen und erlebt hatte. Selbst den Gedanken, dass er schuld am Tod eines unschuldigen Kindes war, rückte für einen Moment in den Hintergrund. Er würde sich später, zu gegebener Zeit, einen Kopf um all das machen, was ihn bedrückte. Er nahm sich sogar vor, einen Psychologen aufzusuchen, der ihm dabei helfen sollte, das erlittene Trauma endlich überwinden zu können. Danach würde er wahrscheinlich seinen Job als Polizist aufgeben. Nachdem er die Stichwunde desinfiziert und sich einen provisorischen Verband darum gewickelt hatte, schlug er den Kofferraumdeckel wieder zu. Momentan war der Schmerz gut zu ertragen, und er hoffte, dass die Phase lange genug anhalten würde, um alles zu erledigen. Vorsichtig nahm er seine Waffe aus dem Holster und entsicherte sie. Nun war er sich sicher, dass er auf alles vorbereitet war.

»Hallo?«
Die Stimme war zwar nur schwach zu hören, doch sie existierte definitiv. Verena stieß, ohne nachzudenken, die Tür auf und verlor beinahe das Gleichgewicht, als ihr jemand in die Arme stolperte.

»Amy?«

Sie vernahm Jessicas Stimme hinter sich und blickte die junge Frau vor sich verwundert an. Dann klammerte sich diese an sie. Sie hatte schwarze Haare, mehr konnte Verena auf den ersten Blick nicht erkennen.

»Oh Gott, es ist alles so schrecklich.«

Verena löste sich vorsichtig von Amy und drehte sich in Jessicas Richtung.

»Ist das deine vermisste Freundin?«

Jessica nickte, und in ihren Augen glomm unendliche Erleichterung auf.

»Setz dich doch.«

Amy nahm auf dem Bärenfell Platz. Jessica setzte sich neben sie und legte ihr einen Arm um die Schultern.

»Was ist denn passiert?«

»Da waren diese Männer... wir wurden entführt... sie haben schreckliche Dinge mit Nelson getan.«

»Du musst nicht darüber sprechen.«

Jessica schloss sie fester in den Arm und wollte sie gar nicht mehr loslassen. Amy war vollkommen aufgelöst und brach nun in Tränen aus. Jessica sagte nichts; sie war einfach nur bei ihr und hielt sie in ihren Armen.

»Danke, dass ihr mich suchen gekommen seid. Wer sind denn die anderen zwei?«

Ihre Stimme zitterte.

»Die Dame heißt Helen und der Junge Milow. Ich habe beide erst hier getroffen.«

»Was wolltet ihr denn hier?«

»Das tut jetzt nichts zur Sache«, sagte Jessica beschwichtigend. »Hauptsache wir haben dich gefunden. Das ist erst mal das

Wichtigste.«

Verena war froh, dass sie sich nicht schon wieder rechtfertigen musste, denn ein weiteres Mal würde Jessica sich bestimmt nicht mit so einer nichtssagenden Erklärung abspeisen lassen, dessen war sie sich sicher.

»Wir sollten jetzt erst mal von hier verschwinden«, meinte Amy.

»So schnell es geht, das stimmt. Diese Leute sind noch irgendwo hier drinnen... sie tragen scheußliche Masken und haben mir eine Heidenangst eingejagt.«

Sie schluchzte und holte mehrmals tief Luft, bevor sie weitersprechen konnte.

»Sie haben Nelson auf brutalste Art und Weise ermordet.«

»Esteban ist auch noch verschwunden, ich muss ihn unbedingt finden. Erinnerst du dich noch an ihn?«

»Der Freund von Nelson? Natürlich.«

»Wir sind gemeinsam hierhergefahren, mit dem Ziel, euch beide zu retten.«

Jessica nahm Amy erneut in die Arme. Verena sah, dass auch ihr nun Tränen über die Wange liefen – doch dies waren Tränen der Erleichterung.

»Ich bin so froh, dass du am Leben bist«, hauchte sie ihrer Freundin ins Ohr.

Milow, der währenddessen durch den Raum gelaufen war, sagte:

»Wir müssen gut aufpassen. Hier steht ein Käfig voller Skorpione.«

Verena drehte sich zu ihm um. Die Käfigtür war geöffnet und die Tiere wirkten im roten Licht der Wärmelampe ziemlich bedrohlich.

»Mach die Tür lieber schnell zu, bevor dich noch einer davon verletzt.«

Milow folgte ihrem Rat. Danach wandte er sich der riesigen Glaskugel zu und fragte:

»Was ist das?«

Verena wusste es selbst nicht, weshalb sie ihm auch keine zufriedenstellende Antwort geben konnte. Sie umrundete die Kugel und hatte schließlich die Rückwand erreicht, an der ein Kristallglas-Spiegel hing, der zeigte, was gerade in der Kugel zu sehen war. Verena beobachtete, wie sich ein tiefschwarzer Schatten formte. Durch ein Loch an der Oberseite strömte weißer Rauch, der jetzt wie Nebel im Raum waberte. Es dauerte nur wenige Sekunden, bis sie sich sicher war, was hier vor sich ging. *Die Quelle!* Die Tatsache, dass sie gerade etwas entdeckt hatte, mit dem sie nicht gerechnet hatte, ließ ihr Herz unweigerlich höherschlagen. Gebannt beobachtete sie, was in der Kugel passierte. *Dieser Raum hier, das ist der Ort, an dem alles begann. Er ist der Ursprung des Bösen – im wahrsten Sinne des Wortes.* Plötzlich ergab all das, was im weit entfernten Kalifornien in den Untiefen der neugebauten Lagerhalle passiert war einen Sinn. *Die Wesen sind im Untergrund miteinander vernetzt, und diese Glaskugel ist die Quelle dessen.* Verena war unfassbar fasziniert.

»Schaut mal«, flüsterte Milow entsetzt.

Er riss sie aus ihren Gedanken und nahm auch die Aufmerksamkeit aller anderen in Beschlag. Er deutete auf eine Wand, an der mehrere abgetrennte Köpfe auf Haken zu sehen waren.

»Oh Gott«, murmelte Amy.

»Die... die habe ich noch gar nicht gesehen. Ich bin erst seit Kurzem wieder hier, vorher habe ich mich in den Gängen versteckt,

weil ich den Weg nach oben nicht mehr gefunden habe.«
Jessicas Blick füllte sich mit einer unfassbaren Traurigkeit, als sie den Kopf sah, der in goldene Ketten gewickelt alle Augen auf sich zog. Es war der von Esteban. Seine Augen blickten in die Leere und an seinem abgetrennten Hals klebte noch Blut. Er hatte den Mund weit aufgerissen, was erahnen ließ, dass er überrascht worden war, als ihm jemand den Kopf auf brutalste Art und Weise abgetrennt hatte. Dann entdeckte sie plötzlich einen weiteren bekannten Kopf, den sie jedoch zuerst nicht zuordnen konnte. Es dauerte ein paar Sekunden, bis Jessica bewusst wurde, dass er Officer West gehörte. Die Wangen waren eingerissen und mit tiefen, roten Kratzspuren verunstaltet. An seinem Kinn klaffte eine offene Wunde, die vermuten ließ, dass er nach einem heftigen Kampf gestorben war. *Oder er ist den Wesen zum Opfer gefallen.* Das hielt Jessica für sehr wahrscheinlich, sprach es jedoch nicht laut aus. Milow hatte sich bereits von der schrecklichen Wand abgewandt. Er machte einen relativ gefassten und ruhigen Eindruck, was sie überraschte. Sie hatte damit gerechnet, dass der Junge das alles nicht ertragen konnte, doch sie schien sich geirrt zu haben. *Vielleicht nimmt er das Ganze nicht so wahr wie wir oder er hat einen Schock erlitten, was sehr wahrscheinlich war.* Sie konnte sich schließlich nicht in die Gedanken des Jungen hineinversetzen.
»Esteban ist tot.«
Jessicas Stimme klang seltsam monoton. Verena sah ihr an, dass sie, obwohl sie ihn laut ihrer eigenen Aussage nicht wirklich gekannt hatte, etwas für Esteban empfunden hatte. Vielleicht war es nur so, weil sie eine gemeinsame Mission gehabt hatten, das konnte Verena nicht beurteilen. Sie war momentan nur daran interessiert möglichst schnell und unauffällig von diesem Ort zu

verschwinden. Sie wusste nicht, was sie über die Glaskugel und den Raum denken sollte. Was der Spiegel ihr gezeigt hatte, hatte sie unfassbar verunsichert, doch sie wusste, dass sie allein sein musste, um mehr darüber herausfinden zu können. Jessica, Milow und Amy würden ihr dabei nur im Weg sein. Gerade, als sie darüber nachdachte, wie ihre nächsten Schritte aussehen könnten, hörte sie, wie etwas mit enormer Kraft gegen die Stahltür geschlagen wurde, die sie von dem dunklen Gang trennte.

30

Charles Reinhart fühlte sich nicht gut, als er die Glastür aufstieß und erneut in den Eingangsbereich des *Arizona Splash* trat. Es war komplett still um ihn herum. Außer dem leichten Surren, welches aus dem Lüftungsschacht über ihm zu kommen schien, gab es keine Geräusche. Reinhart verhielt sich ebenfalls still und lauschte. Die Tür, durch die er zuvor in den oberen Teil gelangt war, wirkte plötzlich irgendwie bedrohlich auf ihn. Alles in ihm sträubte sich dagegen, diesen Weg erneut anzutreten, doch er hatte keine andere Wahl. Er musste die beiden Männer finden und ihnen den Garaus machen, sonst würde er sich ein Leben lang schuldig fühlen, weil er das Morden an diesem mysteriösen Ort nicht verhindert hatte. Alles trug seinen Teil zum Gesamtbild bei: da waren zum einen die Wesen, die nicht von dieser Welt zu stammen schienen. Reinhart war sich sicher, dass er vorhin in dem Raum Zeuge eines Phänomens geworden war, und er schätzte die Gefahr, die die Glaskugel ausstrahlte, als enorm hoch ein. Dann gab es noch Aaron und Arthur, die mit grauenhaften Masken durch die Gegend liefen und scheinbar ziellos mordeten. Alles in allem war das eine Kombination, der er nicht unbewaffnet gegenüberstehen wollte, denn ansonsten, das wusste Reinhart, konnte er sich auch gleich von einer Brücke in die Tiefe stürzen. Es hätte dasselbe Resultat. Er ging fest davon aus, dass die beiden Vermissten, Amy und Nelson, bereits tot waren. Selbst, wenn es Amy gelungen wäre, zu flüchten, hätte sie es in den unterirdischen Gängen unmöglich geschafft, zu überleben. Reinhart dachte mit Absicht so negativ, da er bei dieser Variante nur positiv überrascht werden konnte, wenn etwas geschah, mit dem er nicht rechnete. Dazu zählte definitiv auch das Überleben von Amy oder Nelson. Es konnte aber auch genauso gut sein, dass Arthur, sein ehemaliger Gefangener, ihn auf eine falsche Fährte hatte locken wollen. Reinhart ärgerte sich immer noch darüber, dass er nicht aufmerksam genug gewesen war. Jetzt hatte er, vermutlich in irgendeinem dunklen Gang, zwei gefährliche Gegner vor sich, statt nur einen. Er wollte sich gar nicht vorstellen, was passieren würde, wenn beide einander in der Zwischenzeit gefunden hatten. Je länger er darüber nachdachte, desto schmerzhafter fühlte sich das kalte Metall seiner Waffe an seinem Bauch an. *Also gehen wir es an!* Ein weiteres Mal öffnete Officer Charles Reinhart die Tür und betrat die Treppenstufen, die ihn in den dunklen und unheilvollen Gang hinabführten.

Das ohrenbetäubende Geräusch nahm einfach nicht ab. Milow hatte sich mittlerweile hinter der Glaskugel versteckt, Verena, Amy und Jessica saßen noch immer auf dem Bärenfell, direkt vor der Tür. Einen Moment später schwang die Tür auf, und Verena erkannte im gleißend hellen Licht zwei Männer. Einer von ihnen, vermutlich der, den sie angeschossen hatte, trug eine Maske. Der andere starrte sie mit einem irren Blick an. Der mit der Maske hielt eine riesige Axt mit blutiger Schneide in der Hand, mit der er gerade offenbar an die Stahltür gehämmert hatte. Der andere Mann trug ein scharfes Messer, das er gerade wild in ihre Richtung schwang. Beide wirkten unfassbar bedrohlich und gefährlich. Verena zog nun ebenfalls ihre Waffe hervor und richtete die Mündung auf den Mann, dem sie bereits auf der Treppe der Rutsche eine Kugel in die Schulter verpasst hatte. Ihn schien das jedoch offenbar nicht zu interessieren,

denn er holte mit der Axt aus und verfehlte nur knapp ihren Arm. Bei Verena schellten in diesem Augenblick alle Alarmglocken. Sie dachte daher nicht mehr weiter nach, sondern feuerte eine Kugel in die Richtung ihres Gegners. Doch dann hörte sie, wie diese in der Wand hinter dem Mann einschlug. *Scheiße!* Er stieß den Käfig zu Boden, die Tür öffnete sich, und Verena sah, wie sich die Skorpione bedrohlich und angriffslustig näherten. Sie hatte keine andere Wahl, deshalb machte sie einen Schritt nach vorne und zerquetschte den, der ihr am nächsten gekommen war, mit ihrer Schuhsohle. Dabei entging sie nur knapp einem weiteren Axthieb von Aaron.
»Geht in Deckung!«
Verena wies Jessica und Amy hinter die Glaskugel. Beide standen hastig auf und folgten ihrem Rat. Durch die Maske, die der Mann trug, hörte Verena seinen schweren Atem.
»Mit dir habe ich noch eine Rechnung offen.«
Arthur hatte sich bisher im Hintergrund gehalten, kam nun aber ebenfalls näher. Die scharfe Klinge des Messers wirkte bereits bedrohlich nahe. Verena zückte erneut ihre Waffe und wollte eine weitere Kugel abfeuern... bis sie merkte, dass ihr Magazin leer war.
»Verdammt!«, schrie sie frustriert und warf die unbrauchbare Waffe gegen die Wand.
Diese prallte auf den Marmorboden und rutschte in unerreichbare Ferne. Von ihrem Gegenüber erntete sie daraufhin spöttisches Gelächter.
»Heute ist der Tag, an dem ihr alle sterben werdet. Und wir werden uns Zeit dabei lassen.«
Arthur grinste diabolisch bei den Worten seines Partners. Verena vermutete, dass Aaron ebenfalls ein dämonisches Grinsen

aufgesetzt hatte, was sie jedoch aufgrund der Maske nicht sehen konnte. Sein Anblick löste ein unglaubliches Gefühl der Kälte in ihr aus. Es war sehr lange her, dass sie das letzte Mal eine solche Todesangst verspürt hatte.
»Helen!«
Sie nahm Jessicas Stimme nur verschwommen wahr und fühlte sich aufgrund des falschen Namens auch nicht angesprochen. Ihre andere Identität interessierte sie in diesem Moment nicht mehr – jetzt ging es nur noch darum, irgendwie lebend aus dieser Falle herauszukommen.
»HELEN!«
Dieser Schrei war lauter als der vorherige. Er drang Verena bis ins Mark, doch sie war weiterhin zu keiner Reaktion fähig. Wie in Zeitlupe sah sie die Axt ein weiteres Mal auf sich zukommen. Sie fand sich erst in dem Moment mit ihrem Tod ab, in dem die scharfe Schneide auf ihren Kopf traf und diesen in zwei Hälften spaltete.

31

Jessica blickte ungläubig auf das, was Aaron soeben getan hatte. Ihr Blick schweifte unwillkürlich nach unten, zu dem leblosen Körper. Der Kopf war genau in der Mitte gespalten worden, und eine Mischung aus Blut und Hirnmasse hatte sich unter der Frau auf dem Bärenfell ausgebreitet. Arthur bückte sich jetzt und bearbeitete die Leiche noch weiter, sodass Jessica sich entsetzt abwenden musste. Sie blickte stattdessen starr auf die Glaskugel und fand sich nach und nach mit dem Gedanken ab, dem Unausweichlichen ins Auge blicken zu müssen. Aaron kam nun immer näher und schwang dabei die Axt auf Augenhöhe.
»Wer war eigentlich dieser Typ, den ich mit dem Stahlseil getötet habe? Kanntet ihr ihn? Ich finde, sein Kopf macht sich gut an der Wand. Vor allem die goldene Kette steht ihm.«
Aaron lachte laut auf.
»Esteban«, murmelte Jessica.
»Sein Name ist Esteban.«
Sie versuchte, stark zu bleiben, spürte jedoch, wie ihre Fassade mehr und mehr bröckelte. Sie fühlte sich so unfassbar hilflos und schwach.
»Junge, komm raus, du brauchst dich nicht zu verstecken.«, rief Aaron in Milows Richtung.
Dieser schlich nun schüchtern und langsam um die Kugel herum. Jessica stellte sich sofort schützend vor ihn.
»Bevor du es mit ihm aufnehmen kannst, musst du erst an mir vorbei.«
»Jessica!«
Sie vernahm Amys Stimme, die flehend nach ihr rief, doch da-

rauf konnte sie momentan nicht reagieren.
»Gar kein Problem. Dann wollen wir mal.«
Aaron holte mit der Axt aus. In dem Moment, in dem er zuschlagen wollte und Jessica sich schon damit abgefunden hatte, in diesem Raum zu sterben, hörte sie plötzlich, wie die Tür aufgestoßen wurde. Es folgten zwei laute Schüsse, deren Echo noch lange im Raum und vor allem in ihrem Kopf nachhallte.

32

Die erste Kugel drang durch die Maske direkt in Aarons Kopf. Blut spritzte aus der Schusswunde auf Jessicas Gesicht. Arthur sah, wie sein Partner tödlich verwundet wurde, konnte jedoch nicht so schnell reagieren, da die zweite Kugel in diesem Augenblick ihn selbst traf. Sie schlug genau zwischen seine Augen ein und hinterließ ein Loch von der Größe einer Münze. Blut trat aus seiner weggesprengten Stirn aus und sprudelte auf den Marmorboden.
»Ihr seid jetzt sicher.«
Reinhart beugte sich zu Jessica hinunter und fragte:
»Sind Sie verletzt?«
»Nein, es geht schon.«
Amy und Milow setzten sich neben sie auf den Boden.
»Es ist endlich vorbei.«
Reinhart steckte die Waffe wieder in das Holster zurück und betrachtete die drei Toten auf dem Boden. Die beiden Männer hatte er definitiv an der richtigen Stelle getroffen. Die Frau, die auf dem Boden lag, kannte er nicht – zumindest glaubte er das. Als er jedoch genauer hinsah, und versuchte, das viele Blut und den gespaltenen Schädel zu ignorieren, fiel ihm etwas auf... die grauen Haare, die Gesichtszüge... *Das ist Verena Williams. Was hat sie denn hier gewollt?*
»Kannten Sie diese Dame?«
»Nein.«
Jessica schüttelte den Kopf.
»Ich habe sie hier getroffen. Sie hat mich und Milow bei der Suche unterstützt.«

Der Junge trat daraufhin hervor und sah Reinhart mit einem leeren Blick an.

»Alles Weitere sollten wir wohl besser an einem anderen Ort besprechen. Los, kommt mit. Vorher habe ich aber noch etwas zu erledigen.«

Er zögerte einen Moment lang, dann trat er einen Schritt nach vorne und blickte auf die Axt hinunter, die Aaron zuvor in der Hand gehalten hatte. Er griff nach dem Stiel, holte weit aus, und versenkte die Schneide in der Glaskugel.

33

Zunächst passierte gar nichts. Auf der Glasoberfläche waren nur unzählige kleine Risse entstanden. Der erste Hieb hatte also nicht ausgereicht, weshalb Reinhart ohne zu zögern ein weiteres Mal ausholte und dieses Mal direkt ins Schwarze traf. Weißer Rauch verteilte sich nun im gesamten Raum und waberte in jede Ecke. Ein hoher, krächzender Ton, der so laut war, dass Reinhart sich die Ohren zuhalten musste, entfuhr aus der Kugel, ehe sich eine schwarze Flüssigkeit auf dem Marmorboden ergoss. Er beobachtete das Schauspiel und nahm fasziniert zur Kenntnis, was als Nächstes geschah. Die Glaskugel zerplatzte berstend und tausend Scherben verteilten sich auf dem Boden. Wenig später lichtete sich der weiße Rauch langsam, und Reinhart konnte endlich wieder klar sehen. Das, was er gerade getan hatte, drang nun langsam in sein Bewusstsein ein. *Ich habe die Quelle allen Übels zerstört!*

34

Die Tür zum Verhörraum öffnete sich langsam, und Officer Gilbert Smith trat durch den Rahmen. Reinhart musterte den Mann und war sich sicher, dass er ihn noch nie zuvor gesehen hatte. Er ließ seinen Blick durch den Raum schweifen, und betrachtete Jessica und Amy, die ihn zur Dienststelle begleitet hatten, um eine gemeinsame Aussage über das zu tätigen, was im *Arizona Splash* vorgefallen war.
»Guten Tag.«
Officer Smith schob den Stuhl zurück und setzte sich gegenüber von Reinhart, Jessica und Amy an den Tisch.
»Ich danke Ihnen, dass Sie heute hier sind und über das sprechen, was Ihnen zugestoßen ist. Ich kann mir vorstellen, wie schwer Ihnen das fällt.«
Jessica nickte und übernahm nun das Wort.
»Es sind wirklich schlimme Dinge dort geschehen. Wir können aber ruhig mit der Aussage anfangen.«
Smith trank einen Schluck Wasser und begann dann. Während er die ersten Worte sprach, sah Reinhart dabei zu, wie Kohlensäurebläschen im Wasser an die Oberfläche sprudelten. Dieser Anblick erinnerte ihn unwillkürlich an die Glaskugel, wobei er sich nicht erklären konnte, warum das so war.
»Berichten Sie uns doch einfach, was Ihnen geschehen ist, Ms. Higgins. Sie galten schließlich viele Stunden lang vermisst.«
»Ich versuche es.«
Sie atmete einmal tief durch und begann dann zu erzählen. Sie ließ dabei keine Details aus und Reinhart hörte sich das, was sie sagte, ganz genau an. Auch die schlimmen Dinge schilderte sie

extrem detailliert, musste dabei zwischendurch jedoch einige Pausen einlegen, um sich wieder sammeln zu können. Reinhart beobachtete sie und bewunderte sie insgeheim dafür, dass sie so offen über alles sprechen konnte. Er selbst würde eine Sache nämlich niemals erwähnen... wie er, inmitten des Wahns, ein unschuldiges Kind getötet hatte. Er würde diese Sache bestimmt niemals vergessen und verarbeiten können, und das, was geschehen war, nur Personen anvertrauen können, die ihm wirklich nahestanden, und das wahrscheinlich auch erst viele Jahre später. Als Amy ihre Geschichte beendet hatte, knüpfte Jessica ihrerseits nahtlos an das Geschehen an und erzählte dem Polizisten alles, was passiert war, seit sie das Schwimmbad betreten hatte. Die Erwähnung von Esteban stimmte sie sichtlich traurig, das konnte Reinhart in ihren Augen sehen, sie schaffte es jedoch trotzdem, die Fassung zu bewahren, und endete an dem Punkt, an dem es Reinhart gelungen war, die beiden Mörder zu erschießen.
»Mr. Reinhart.«
Nun wandte sich Officer Smith direkt an ihn und riss ihn damit aus den Tiefen seiner Gedanken.
»Kannten Sie die beiden Männer? Was hat sie dazu veranlasst, sie einfach zu erschießen?«
»Ich sehe das Ganze durchaus als Notwehr.«
Er legte eine kurze Pause ein und ließ das Gesagte einen Moment lang im Raum stehen. Das, was im *Arizona Splash* geschehen war, war nun schon sechs Tage her. Seitdem hatte er seinerseits Ermittlungen über die beiden Männer angestellt, und war tatsächlich fündig geworden.
»Die Männer, die sich als Aaron und Arthur ausgegeben haben, waren Mitglied einer schwerkriminellen Untergrundorganisa-

tion namens *A-Team*. Sie haben Decknamen benutzt, um ihre Identität zu verschleiern. Hauptschwerpunkt der Organisation war Drogenhandel. Als sie jedoch irgendwann aufflogen, mussten sie sich ein anderes Tätigkeitsfeld aussuchen. Der Hass auf Menschen hat sie schließlich dazu getrieben, all diese schrecklichen Dinge zu tun. Das habe ich alles herausgefunden, nachdem ich meine Ermittlungen auf eigene Faust vorangetrieben habe. Ich habe in dem Raum, in dem die schrecklichen Dinge geschahen, Ausweise und Papiere gefunden, die mir die Antworten auf meine Fragen lieferten.«

»Wissen Sie, warum die Organisation sich ausgerechnet ein Schwimmbad als Tatort ausgesucht hat?«

»Ich kann nur Vermutungen anstellen. Da sie im Untergrund lebten, waren sie mit dem, was dort vorging, natürlich durchaus vertraut. Sie haben sich dort eingenistet und alle Menschen getötet, die ihnen zu nahe kamen. Das ganze Blut an den Wänden ist ein weiteres Indiz dafür. Officer, haben Sie von den Dingen gehört, die damals in Kalifornien in dieser neugebauten Lagerhalle geschehen sind?«

Officer Smith zog eine Augenbraue hoch. Es schien ihm nicht zu gefallen, dass Reinhart nun derjenige war, der die Fragen stellte.

»Durchaus. Es ist allerdings schon einige Zeit seitdem vergangen, nicht wahr? Es muss jetzt ungefähr zwei Jahre her sein, seit ich das letzte Mal etwas davon gehört habe.«

»Das stimmt durchaus. Wie Sie vielleicht wissen, war ich vor meiner Versetzung in diesen mysteriösen Fall verwickelt und habe dabei einige Erkenntnisse gewonnen, die mit den Geschehnissen im Arizona Splash übereinstimmen.«

Er beobachtete, wie sich der Blick von Officer Smith änderte.

Der Polizist schien nun genauer zuzuhören und wartete darauf, dass Reinhart weitersprach.

»Zunächst hat es so ausgesehen, als wäre das alles das Werk eines geisteskranken Irren gewesen. Brutale Mörder, die ihre Opfer gepeinigt und ihnen starke Schmerzen zugefügt haben. Wenn man jedoch genauer hinschaut, erkennt man die Unstimmigkeiten. Sie haben den Ort des Geschehens mit eigenen Augen gesehen, oder?«

Officer Smith nickte.

»Ja, ich war bei der Besichtigung des Tatortes vor Ort. Ich weiß jedoch nicht, worauf Sie genau hinauswollen.«

»Was haben Sie gedacht, als Sie die Glasscherben in dem Raum mit den Köpfen gesehen haben? Wie haben Sie sich die tiefen Spuren am Kopf von Officer West erklären können? Es waren ganz eindeutig scharfe Krallen, die seinen Kopf bearbeitet haben und die vermutlich auch an seinem Tod schuld waren.«

»Was möchten Sie mir damit sagen?«

Reinhart gefiel es, dass er mehr Informationen als Smith besaß, denn auf diese Weise war er derjenige, der die Überhand hatte. Es fühlte sich so unfassbar gut an, endlich wieder in dieser Position sein zu können.

»Die Kreaturen, die in den Untiefen der Lagerhalle ihr Unwesen trieben, befanden sich auch in den Kellergängen des Schwimmbades. An diesem Ort war sogar die eigentliche Quelle des ganzen Übels.«

»Und diese Quelle hat etwas mit den Glasscherben zu tun?«

»Ganz genau.«

Reinhart nickte und erzählte ihm daraufhin von den Dingen, die er in der Glaskugel gesehen hatte. Irgendwann schweifte er ab, bis er schließlich zu dem Punkt kam, an dem er die Quelle ver-

nichtet hatte.
»Wenn das wirklich stimmt, dann ziehe ich meinen Hut vor Ihnen.«
Smith legte eine kurze Pause ein.
»Ich danke Ihnen für Ihre Kooperationsbereitschaft. Der Fall sieht tatsächlich abgeschlossen aus. Ich wünsche Ihnen alles Gute, und hoffe, dass Sie mit dem Erlebten einigermaßen schnell abschließen können.«

35   *Ein paar Wochen später…*

Charles Reinhart schenkte sich einen doppelten Scotch ein und stellte das Glas daraufhin auf den Holztisch, nachdem er kurz daran genippt hatte. Das Teufelszeug brannte in seiner Kehle; mit tränenden Augen schluckte er es hinunter und genoss das Gefühl, das der Alkohol in seinem Inneren erzeugte. Er hatte die Geschehnisse im Arizona Splash immer noch nicht komplett verarbeitet. Wenn er genauer überlegte, war das der Fall, der ihn bisher am meisten an den Nerven gezerrt hatte – und auch an der Psyche. Je öfter er darüber nachdachte, warum er in diesem entscheidenden Moment die Kontrolle über sich selbst verloren hatte, desto frustrierter wurde er, weil er auf diese brennende Frage einfach keine Antwort fand. Der Alkohol half ihm wenigstens dabei, alles zumindest ein wenig verarbeiten zu können. Er hatte vor drei Wochen eine zweimonatige Dienstpause angetreten, und diese war auch bitter nötig, denn er hatte das Gefühl, dass er den Anforderungen, die sein Beruf an ihn stellte, aktuell einfach nicht gewachsen war. Seitdem hatte er nicht viel getan, außer, sich täglich das ein oder andere Glas zu gönnen. Die ersten Tage war er dazu ins *Better Drink* gegangen, einer kleinen Kneipe, die er entdeckt hatte, als er ziellos durch die Gegend gefahren war. Mittlerweile besaß er jedoch nicht mehr den Mut, dort hinzufahren, denn er schämte sich dafür, dass er es so weit hatte kommen lassen – und vor allem dafür, dass er so schwach war. Das Einzige, was ihn momentan positiv stimmte, war die Tatsache, dass die Kreaturen, die für einen großen Teil der schrecklichen Dinge, die in der Lagerhalle und im Schwimmbad geschehen waren, ausgelöscht waren. Ein paar Tage nach dem Gespräch mit Officer Smith hatte sich Reinhart in Zivil erneut auf den Weg zu dem Ort des Geschehens gemacht. Es hatte sich merkwürdig angefühlt, doch es war notwendig gewesen, denn er hatte gehofft, auf diese Weise endlich mit den ganzen Dingen abschließen zu können. Nach einer akribischen Suche, bei der er keinen einzigen Zentimeter des Geländes ausgelassen hatte, war er schließlich zu dem Schluss gekommen, dass es ihm tatsächlich gelungen war, das Böse zu vernichten. Es hatte sich zwar merkwürdig und beklemmend angefühlt, erneut durch die dunklen Gänge und den Raum streifen zu müssen, in dem die schrecklichen Dinge geschehen waren, aber er hatte es gemeistert. Im Lichtschein der Taschenlampe hatte das Zimmer ganz anders gewirkt. Die Wände waren leer gewesen, und das Einzige, was sich noch dort befand, waren das Bärenfell und die Regale. Von den Skorpionen, den abgetrennten Köpfen und den Leichen der beiden Mörder und auch von Verena Williams war nichts mehr zu sehen gewesen. Alles war abgesperrt und die nötigen Beweisstücke gesichert worden. Das Grauen war jedoch weiterhin präsent, und hatte sich wie ein unsichtbarer Vorhang über den Ort gelegt und jeden Zentimeter erfüllt. Reinhart genehmigte sich einen weiteren Schluck vom Scotch und lehnte sich dann in seinem Sessel zurück. Er starrte an die Wohnzimmerdecke und wusste nichts mit sich anzufangen. Die Zeit war gekommen, dass er sich endlich wieder aufraffen musste. Die letzten drei Wochen hatte er schon genug Zeit verschwendet, und untätig herumzusitzen und sich zu betrinken war definitiv keine Dauerlösung.

36 *Key West, Florida*

Der sanfte Sommerwind wehte durch die Palmen über ihren Köpfen. Die Sonne brannte auf den weißen Sand hinunter und das glasklare Wasser schlug in Wellen an den Strand. Es war ein herrlicher Tag. Nur einige, wenige Wolken standen am Himmel, der ansonsten strahlend blau war. In der Ferne trieb ein einsames Segelboot auf den wogenden Wellen und schaukelte im Glanz der Sonne. Jessica atmete tief durch und genoss die Atmosphäre dieses Ortes. Hier konnte sie endlich frei sein, hier konnte sie all das vergessen, was vor zwei Monaten geschehen war. Sie drehte sich um und blickte zu Amy, die auf dem Bauch lag und sich bräunte. Sie hatte die Augen geschlossen und schien sich dem Ort vollständig hingegeben zu haben.
»Hey, wie schaut's aus, wollen wir ins Wasser gehen?«
Milows Stimme drang zu ihr und nahm sofort ihre gesamte Aufmerksamkeit in Beschlag. Es war so heiß, dass sie am gesamten Körper schwitzte – die Idee, sich ins kühle Nass zu wagen, war somit definitiv keine Schlechte. Sie nahm deshalb ihre Sonnenbrille ab und legte sie neben Amy auf die Strandmatte.
»Ich muss noch kurz den Schirm etwas umstellen. Sonst verbrennt sie uns noch.«
Jessica deutete mit einem Lächeln im Gesicht auf Amy.
»Geh du schonmal vor, ich komme gleich nach.«
»Wollen wir dann Wasserball spielen?«
»Klar, gerne.«
Milow nahm den Ball mit und lief über den heißen Sand in Richtung Wasser. Jessica beobachtete, wie er sich in die Wellen stürzte und wenige Sekunden später wieder prustend an die

Oberfläche gelangte. Sie mochte den Jungen unheimlich gerne und fühlte sich auf eine gewisse Art und Weise verantwortlich für ihn, da sie gemeinsam so schreckliche Dinge durchgemacht hatten. Deshalb war sie auch sehr froh gewesen, dass die Eltern des Jungen dem gemeinsamen Urlaub in Florida zugestimmt hatten. So würde es ihnen vielleicht gelingen, das Erlebte gemeinsam verarbeiten zu können. Jessica hatte auch Officer Reinhart gefragt, ob er mitkommen wollte, dieser hatte jedoch aufgrund seines Jobs abgelehnt. Sie vermutete allerdings, dass mehr dahintersteckte und er einfach Zeit für sich brauchte – was sie ihm nicht verübeln konnte. Auch, wenn jeder auf seine eigene Art und Weise Menschen verloren hatte, hatte es sich ganz und gar nicht falsch angefühlt, diesen Urlaub anzutreten. Hier in Key West waren sie weit vom Ort des Grauens entfernt und hatten die Möglichkeit, sich neu zu sammeln und das Erlebte gemeinsam verarbeiten zu können. Bevor Jessica sich zu Milow ins Meerwasser wagte, fasste sie im sanften, warmen Wind eine Entscheidung. Sie schwor sich, auf die beiden aufzupassen – koste es, was es wolle. Sie ließ ihren Blick ein letztes Mal umherschweifen. Der Strand war zwar nicht überlaufen, aber schon relativ voll. Gerade bei diesem schönen Wetter hatten viele beschlossen, heute einen Ausflug an diesen schönen Ort zu wagen. Als sie das Wasser schließlich erreicht hatte, stürzte sie sich in die Wellen, schloss die Augen, und ließ sich einfach treiben. Sie genoss das Gefühl der Schwerelosigkeit, was sich auf ihrem gesamten Körper ausbreitete, während sie wieder auftauchte.

ENDE

ALLE BÜCHER DES AUTOREN

SPURLOS

2005: Lewis, Janet, Jeff und Liz erhoffen sich ein Abenteuer, ein Wanderurlaub in den Bergen – genau nach ihrem Geschmack. Trotz einiger beängstigender Vorkommnisse während der Fahrt in die Berge entscheiden sie sich, zu bleiben. Als sie allerdings auf die Rucksäcke einer verschollenen Wandergruppe stoßen und nach und nach mysteriöse Anzeichen auf deren Verbleib finden, beginnt ein Albtraum, aus dem es kein Entrinnen zu geben scheint…

1995: Idyllische, weite Wälder und glasklare Seen. Nichts anderes wollen Marcel, Inge, Matthias, Gudrun, Alexander und Ralf, als sie sich dazu entscheiden, einen Urlaub in den Bergwäldern zu machen.

Doch dann verliert sich jede Spur von ihnen…

DAS GEISTERHAUS

Die vier Jugendlichen Marc, Blake, Jay und David wagen gemeinsam mit dem Einsiedler Joseph, Jays Bruder Danny und seinem Freund Neal einen Ausflug zu einem „Geisterhaus", um das sich zahlreiche Mythen ranken. Doch als sie eines nachts das Haus betreten, beginnt ein Albtraum, der nie zu enden scheint. Denn das Haus lebt. Und es sucht sich seine Opfer…

LAGER DER FINSTERNIS

Zehn Personen wachen in einer verlassenen Lagerhalle auf. Zunächst können sie sich nicht erklären, wie sie dort hingelangt sind. Doch als ein Teil der Gruppe auf ein System unterirdischer Gänge stößt, entfesseln sie ein Grauen, das die Grenzen jeglicher Vorstellungskräfte überschreitet.

AUF DÄMONENJAGD IM LAGER DER FINSTERNIS

Die Dämonenjäger Marcus Young und William Collister verbringen eine Nacht in der Lagerhalle, in der sich vor kurzer Zeit erst schreckliche Dinge zugetragen haben. Sie installieren eine Kamera, um die paranormalen Geschehnisse per Video zu dokumentieren. Als Marcus in einem der Räume auf eine apathisch wirkende Frau stößt und wenig später verschwunden ist, begibt sich William auf die Suche nach ihm. Die deutlichste Spur führt tief in den Wald...
Währenddessen läuft die Kamera. Und zeichnet schreckliche Dinge auf...

ARIZONA SPLASH

Bei der Eröffnungsfeier des *Arizona Splash*, einem riesigen Schwimmbad mit Außenpools, Saunas und Rutschen, werden zwei junge Leute entführt. Ihnen steht eine Nacht des Grauens bevor: im Inneren des Schwimmbades müssen sie sich nicht nur mit ihren sadistischen Peinigern auseinandersetzen, sondern auch mit einer Gefahr, die aus den Tiefen eines geheimen Kellerganges zu kommen scheint.

WILLKOMMEN IN KINMARK

Kurz vor Dienstschluss wird Officer Gilbert Smith zu einem Einsatz gerufen: der Fahrer einer Dodge Viper befindet sich nach einem Unfall auf der Flucht. Eine Verfolgungsjagd und ein darauffolgender Unfall führen den Officer über den Highway tief in die Solven-Hills und das beschauliche Dorf Kinmark. Je tiefer er in die Geheimnisse des Ortes vordringt, desto deutlicher wird ihm, dass er sich in einer tödlichen Falle befindet, aus der es kein Entrinnen zu geben scheint...

CAMP SEASIDES MÜHLENSCHATZ

Die vier Freunde Jaxon, Natalia, Maxwell und Laura freuen sich auf einen mehrtägigen Campingurlaub auf dem Gelände des *Camp Seaside*, einem Platz mit einem Badesee und einer alten Getreidemühle. Bei einem Rundgang im Wald entdecken sie einen Brief, der ihnen einen Schatz in den Tiefen der Mühle verspricht. Sie lassen sich auf die Suche ein - und beginnen damit ein Spiel, bei dem eine Menge Blut fließen wird. Denn im Inneren der Mühle lebt der Tod. Und er fordert seinen Tribut…

FENNERLEYS GRAUEN

Aus dem einst belebten Dorf Fennerley verschwanden vom einen auf den anderen Tag alle Einwohner spurlos. Ein sechsköpfiges Forschungsteam macht sich daran, den Begebenheiten auf den Grund zu gehen. Die Suche gestaltet sich als sehr schwierig – bis dem Team ein Durchbruch gelingt, der jedoch schwerwiegende Folgen zu haben scheint…

CRETHRENS – VERLOREN IN DER EISWÜSTE

Der jugendliche Oskar findet sich inmitten einer gigantischen Eiswüste mit neunzehn anderen Jugendlichen wieder. Schon bald erkennen alle, dass sie sich in einem perfiden Test befinden, bei dem es nicht nur um das blanke Überleben geht…

CRETHRENS – DIE FESTUNG VON GHIRON NAGH

Nach den Geschehnissen in der Eiswüste, die jeden einzelnen verändert haben, landen die Überlebenden mit einem Helikopter in einer verlassenen Stadt. Sie finden eine Karte und entscheiden sich dazu, zwei Orte aufzusuchen: eine mittelalterliche Festung und die unterirdische Stadt Ghiron Nagh. Alles scheint nach Plan zu laufen – bis das Schicksal wieder gnadenlos zuschlägt…

CRETHRENS – ODYSSEE NACH EHYGEA

Das Königreich Ehygea war einst ein Ort mit blühenden Landschaften, rauschenden Flüssen und endlosen Weiten. Eines Tages wurde der Ort von einer schrecklichen Katastrophe heimgesucht – seitdem besteht dieser nur noch aus finsterem Ödland. Die Überlebenden drängen nach und nach in die Geschichte des düsteren Ortes vor – und müssen feststellen, dass ein großer Kampf um Leben und Tod bevorsteht, der über die Zukunft des gesamten Planeten entscheidet.